中华复兴之光
博大精深汉语

浩瀚小说源流

鹿军士 主编

汕头大学出版社

图书在版编目（CIP）数据

浩瀚小说源流 / 鹿军士主编. -- 汕头 ： 汕头大学
出版社，2016.1（2023.8重印）
　　（博大精深汉语）
　　ISBN 978-7-5658-2356-5

　　Ⅰ．①浩… Ⅱ．①鹿… Ⅲ．①小说－文学欣赏－中国
Ⅳ．①I207.4

中国版本图书馆CIP数据核字(2016)第015333号

浩瀚小说源流　　　　HAOHAN XIAOSHUO YUANLIU

主　　编：鹿军士
责任编辑：邹　峰
责任技编：黄东生
封面设计：大华文苑
出版发行：汕头大学出版社
　　　　　广东省汕头市大学路243号汕头大学校园内　邮政编码：515063
电　　话：0754-82904613
印　　刷：三河市嵩川印刷有限公司
开　　本：690mm×960mm 1/16
印　　张：8
字　　数：98千字
版　　次：2016年1月第1版
印　　次：2023年8月第4次印刷
定　　价：39.80元
ISBN 978-7-5658-2356-5

前　言

　　党的十八大报告指出："把生态文明建设放在突出地位，融入经济建设、政治建设、文化建设、社会建设各方面和全过程，努力建设美丽中国，实现中华民族永续发展。"

　　可见，美丽中国，是环境之美、时代之美、生活之美、社会之美、百姓之美的总和。生态文明与美丽中国紧密相连，建设美丽中国，其核心就是要按照生态文明要求，通过生态、经济、政治、文化以及社会建设，实现生态良好、经济繁荣、政治和谐以及人民幸福。

　　悠久的中华文明历史，从来就蕴含着深刻的发展智慧，其中一个重要特征就是强调人与自然的和谐统一，就是把我们人类看作自然世界的和谐组成部分。在新的时期，我们提出尊重自然、顺应自然、保护自然，这是对中华文明的大力弘扬，我们要用勤劳智慧的双手建设美丽中国，实现我们民族永续发展的中国梦想。

　　因此，美丽中国不仅表现在江山如此多娇方面，更表现在丰富的大美文化内涵方面。中华大地孕育了中华文化，中华文化是中华大地之魂，二者完美地结合，铸就了真正的美丽中国。中华文化源远流长，滚滚黄河、滔滔长江，是最直接的源头。这两大文化浪涛经过千百年冲刷洗礼和不断交流、融合以及沉淀，最终形成了求同存异、兼收并蓄的最辉煌最灿烂的中华文明。

五千年来，薪火相传，一脉相承，伟大的中华文化是世界上唯一绵延不绝而从没中断的古老文化，并始终充满了生机与活力，其根本的原因在于具有强大的包容性和广博性，并充分展现了顽强的生命力和神奇的文化奇观。中华文化的力量，已经深深熔铸到我们的生命力、创造力和凝聚力中，是我们民族的基因。中华民族的精神，也已深深植根于绵延数千年的优秀文化传统之中，是我们的根和魂。

　　中国文化博大精深，是中华各族人民五千年来创造、传承下来的物质文明和精神文明的总和，其内容包罗万象，浩若星汉，具有很强文化纵深，蕴含丰富宝藏。传承和弘扬优秀民族文化传统，保护民族文化遗产，建设更加优秀的新的中华文化，这是建设美丽中国的根本。

　　总之，要建设美丽的中国，实现中华文化伟大复兴，首先要站在传统文化前沿，薪火相传，一脉相承，宏扬和发展五千年来优秀的、光明的、先进的、科学的、文明的和自豪的文化，融合古今中外一切文化精华，构建具有中国特色的现代民族文化，向世界和未来展示中华民族的文化力量、文化价值与文化风采，让美丽中国更加辉煌出彩。

　　为此，在有关部门和专家指导下，我们收集整理了大量古今资料和最新研究成果，特别编撰了本套大型丛书。主要包括万里锦绣河山、悠久文明历史、独特地域风采、深厚建筑古蕴、名胜古迹奇观、珍贵物宝天华、博大精深汉语、千秋辉煌美术、绝美歌舞戏剧、淳朴民风习俗等，充分显示了美丽中国的中华民族厚重文化底蕴和强大民族凝聚力，具有极强系统性、广博性和规模性。

　　本套丛书唯美展现，美不胜收，语言通俗，图文并茂，形象直观，古风古雅，具有很强可读性、欣赏性和知识性，能够让广大读者全面感受到美丽中国丰富内涵的方方面面，能够增强民族自尊心和文化自豪感，并能很好继承和弘扬中华文化，创造具有未来中国特色的先进民族文化，引领中华民族走向伟大复兴，实现建设美丽中国的伟大梦想。

目 录

明代小说

清代小说

先秦小说

　　远古时期，原始先民用简陋的工具改造着世界，他们在社会实践中，创造出上古神话。神话内容涉及自然环境和社会生活的各个方面，以故事的形式表现了他们对自然、社会现象的认识和愿望。这些上古神话成为后世小说叙事的源头，它们具备了人物和情节两个小说的基本元素。

　　上古神话之后，先秦时期的寓言故事、史传文学以及各类传说等也成为后世小说叙事的源头，并且有了进一步的发展，那个时候的成熟寓言故事已经有了比较完整的结构、人物形象和历史背景，这些都为后世小说的成熟奠定了有利的基础。

上古神话孕育小说萌芽

浩瀚宇宙，变幻莫测，有时风和日丽，晴空万里；有时狂风暴雨，电闪雷鸣；还有，地震、洪水、火山爆发也经常不期而至；原始先民无法解释这多变的世界，更没有能力改变。

在大自然的"狂怒"面前，人们战战兢兢，不知所措。自然而然地，人们开始对自然产生了恐惧心理，幻想出世界上存在着种种超自然的神灵和魔力，继而对强大的自然力顶礼膜拜，崇敬非常。

同时，他们又渴望了解自然、认识自然，于是在这种矛盾的心理和迫切的愿望下，神话传说应运而生了。

我国的上古神话可以分为4类，一类是创造神话，一类是自然神话，一类是英雄神话，还有一类是异域异物神话。

创造神话包括开天辟地创造世界、人类和日月星辰的出现等神话；自然神话是原始时期的人们对于自然界和自然现象幻想化的解释。

英雄神话反映人类对自我的认识和反思，它以征服自然或在社会斗争中为本民族创造出业绩的英雄故事为神话主体；异域异人异物故事是关于外国的神话传说，多记载在《山海经》中。

在各类神话中，以盘古开天辟地最为有名，这个神话反映了我国先民对宇宙起源的原始探索，说在太古的时候，天和地是没有分开

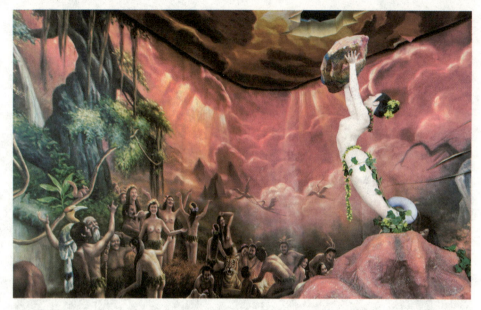

的，天地混为一个球形。

在这个巨大的球形体内，有一个名叫盘古的巨人，他一直在用他的斧头不停地开凿，努力把自己从这个球体中解脱出来。

经过一万八千年的艰苦努力，盘古挥出最后一斧，只听"砰"的一声巨响，巨球分开为两半。盘古头上的一半巨球，化为气体，不断地上升。脚下的一半巨球，则变为大地，不断地加厚，宇宙从此开始有了天和地。

就像关心宇宙的起源一样，人们对人类自身的起源也有极大的兴趣。而有关人类起源的神话，首推女娲补天的故事。女娲补天的故事最早见于《淮南子·览冥训》：

往古之时，四极废，九州裂。天不兼覆，地不周载。火爁炎而不灭，水浩洋而不息，猛兽食颛民，鸷鸟攫老弱。

于是女娲炼五色石以补苍天，断鳌足以立四极，杀黑龙以济冀州，积芦灰以止淫水。女娲经过辛勤的劳动和奋力的拼搏，重整宇宙，为人类的生存创造了必要的自然条件。

这则神话瑰丽奇特，富有文学意味。蛮荒时代，天崩地裂，洪水滔滔，女娲为救万民挺身而出，炼石补天，终于把天补全，避免了洪水之祸，给人们创造了一个美好的家园。这个神话不仅反映出了原始先民的宇宙观念，更重要的是歌颂了女娲敢于同自然斗争的行为。

上古神话中，还有很多关于英雄人物以顽强的意志与自然灾害展开不屈不挠斗争的故事，如后羿射日、大禹治水、精卫填海、夸父逐日等。这些神话中的神和英雄都具有不怕牺牲、百折不挠的奋斗精神。

上古神话传说还反映了氏族社会末期，各部族间的斗争以及有关发明创造的内容，如神农氏发明农具和制陶、冶炼、医药、种植等技术；燧人氏钻木取火；仓颉发明文字；等等。这些神或英雄的发明创造，反映了原始人的伟大创造力。

这些奇妙美丽的神话传说文学意味浓厚，为小说的孕育萌芽做了最基本的准备。这一时期的神话传说已基本具备了小说所要求的故事情节和人物形象，虽然还比较单一模糊，但已同小说十分接近。

如"盘古开天辟地"里，盘古死后眼睛化作天上的太阳和月亮，头发变成满天的星星，骨骼化作大山，血液成为江河，皮肤变作土地。神话中反映出来的英雄形象特征，无论是盘古、女娲，还是后羿、夸父，都是以英雄形象存留在人们的心中。

上古神话传说有着丰富的想象，引人入胜，具有最初始的浪漫主义元素。如"精卫填海"：一只白喙赤足的美丽鸟儿，在火红晚霞的映衬下，频繁地往返于东海与西山之间，永不停歇地想把东海填平。

这个神话不仅体现了原始先民敢于同大自然斗争的气魄以及远古人民征服水患的愿望和不屈不挠的斗争精神，同时，作品更高度赞扬了百折不回、勇于牺牲的精神，极具浪漫主义色彩。

上古神话中神奇奔放的幻想和理想化的夸张，同样深刻地影响了后世小说的创作，它的关于神灵变化的观念和表现形式，为志怪小说奠定了幻想的基础。

上古神话传中说的一些故事和题材，成为后世小说创作的不竭源泉。神话传说中的一些特征，对后世小说的风格也产生了深远影响。此时的一些故事情节、叙事方法直接影响到魏晋南北朝时期志人志怪小说的取材与手法。

知识点滴

我国古代没有专门记载神话故事的专著，神话材料只是保存在诸多古籍中，如《楚辞》《淮南子》《山海经》《庄子》《列子》《穆天子传》等，其中以《山海经》保存最多。

《山海经》传世版本共计18卷，包括《山经》5卷，《海经》13卷，其中14卷为战国时作品，4卷为西汉初年作品。《山经》包括南山、西山、北山、东山、中山经各1卷，合称《五藏山经》，简称《山经》。

《山海经》保存了包括夸父逐日、女娲补天、精卫填海、大禹治水等大量脍炙人口的远古神话传说和寓言故事。此外，还涉及地理、历史、宗教、民俗、物产、医药等方面的内容，是一部古代生活的百科全书。

先秦寓言对小说的影响

　　随着不断流传，上古的一些神话传说逐渐演变成一则则寓言故事被记载在众多的先秦史籍中，成为先秦寓言重要的组成部分。

　　此外，先秦寓言中还有一些历史传说和作者创造、虚构的故事。历史传说在《韩非子》中用得最多，有一定的史料价值。创造、虚构的故事，《庄子》中大量存在。这类寓言瑰丽奇异，最富有文学色彩。

先秦寓言和神话传说关系十分紧密，《庄子》中关于混沌、黄帝、尧、舜、羿等的刻画，都采用了神话的题材；《韩非子》"师旷鼓琴"中用夸张手法塑造的形象，与神话里征服自然的英雄是类似的；寓言中的狐、虎、猿、狙、鹬、蚌、罔两、蛙、鳖、栎树、髑髅与神话中日、月、山、川、风、云的拟人化，都是一脉相承的。

寓言是寄托着深刻思想意义的简短故事。"寓"是寄托的意思，作者把自己认为正确的道理、有益的教训，通过虚构的简短故事加以譬喻，让人们从故事中领会这些道理。其特点是短小精悍而富于讽刺性，给人以启迪。

先秦诸子百家争鸣，许多思想家、政治家常借助一些浅显生动的寓言来论证自己的某个观点或某种思想。寓言主要散见于先秦诸子散文和历史散文中，如《孟子》《庄子》《韩非子》《战国策》等。

在先秦诸子的文章中，寓言不是单独的存在，而是作者议论中的一个有机组成部分。它或者作为譬喻，使所讲的道理浅显易懂，悦耳动听；或者作为寄托，把要说的道理，通过寓言中的形象表达出来；或者作为论证，用寓言中所说的事情证明文章的观点。

寓言在艺术上主要有4个特点，一是有故事性；二是有虚构性；三是形式短小；四是有哲理性。

寓言的故事性和虚构性受到神话传说的影响，但是寓言的虚构和神话传说的虚构不同，寓言的虚构有着明确的说理目的，是一种自觉的创造和虚构，而神话的虚构有着不自觉性。寓言的虚构使它更接近于小说，对小说产生的影响更为直接。

先秦诸子的很多散文都是哲学著作，蕴含的哲理比较抽象，乃至深奥玄妙。而寓言以其具体性和形象性，有助于人们理解和接受其论点。

庄子的人生哲学之一是主张无用之用，一般人很难领会。但他用了许多饶有趣味的寓言故事，反复地加以说明。如以"混沌凿窍"阐明必须顺应自然，以庄周梦为蝴蝶说明人生如梦，等等，使哲理的文章诗意化，免于枯燥、深奥、抽象。小说也借鉴了这种方法。

先秦寓言大多以讽刺为手法，针

砭时弊，初读觉得荒唐可笑，读后却发人深省，所以先秦寓言有着揭示道理、鞭挞劝诫的目的和作用。像"守株待兔""刻舟求剑""画蛇添足""揠苗助长"等为人们耳熟能详的寓言，大多采取讽刺手法，指斥现实生活的荒唐可笑，这对后世的讽刺小说具有十分重要的影响。

虚构故事是小说的文体特点之一，是其区别于叙事散文的关键所在。寓言以虚构为手段设置故事情节，对小说创作有着重要的启发。

如《庄子·秋水》虚构了河伯与海若对话的故事，揭示了"人在宇宙苍穹间的微小"这一主旨，从而告知人们遇事待人要谦虚谨慎，切勿妄自尊大。而小说虚构与此有异曲同工之妙。

寓言故事不但具有讽刺性、幽默性，还颇具趣味性。寓言的主人公常常是拟人化了的事物。

例如，河伯与海若在寓言中成了能进行哲学探讨的"哲人"，以无知喻有知。

《狐假虎威》中，它的主人公是能和人一样思考、说话，甚至比人更要狡猾的动物。而小说的成功之处，也在于以其独特的构思和情节，来引发读者兴趣，从而达到其寓教于乐或其他的目的。

寓言的题材也常常为后世小说所继承。魏晋六朝的志怪小说中，很多题材都是取自先秦的寓言故事。

如《庄子》中记述鬼怪异事的许多寓言，是魏晋一些志怪小说的鼻祖。小说陆判为朱尔旦换心的故事，也是从《列子·汤问》中扁鹊为鲁公扈赵齐婴易心的故事蜕变而来的。

由此可见，先秦的寓言故事与小说有着紧密的联系，对小说的形成有着功不可没的贡献，更是小说发展的重要渊源。

知识点滴

神话与寓言关系紧密，《庄子·逍遥游》有鲲化为鹏的寓言："北冥有鱼，其名为鲲。鲲之大，不知其几千里也。化而为鸟，其名为鹏。鹏之背，不知其几千里也。怒而飞，其翼若垂天之云。是鸟也，海运则将徙于南冥。"

意思是在那很北很北的北面，有一片大海。海中有一种鱼，它的名字叫鲲。鲲很大很大，说不清楚有几千里。后来变成了一只鹏鸟。这个鹏很大很大，它的脊背，说不清有几千里。有一次发了怒，振翅而飞，翅膀像是遮天的乌云。这只鸟啊，在海上飞翔，是要飞到南海去。

这个寓言与上古神话中，大禹变成巨熊治理水患的传说一脉相承，有着不可分割的关系。

宗教故事和地理博物传说

　　远古时候，人们对自然力既恐惧又崇拜，任何微小的自然现象都有可能被看成是神的意志。在长期对自然毕恭毕敬的顶礼膜拜中，产生了原始宗教。宗教故事就是在此基础上自然而然地被创造出来。

　　宗教故事的内容主要是，鬼神显灵作祟的故事和关于卜算占梦的故事，这些故事的内容虽然是消极方面的东西，属于人们迷信的产物，但它对后世小说通过描写妖鬼和记述梦境来反映现实，拓展想象和幻想的空间，具有一定的启发作用。

　　到夏商周时期，宗教信仰、祭祀形式、占卜预言已经到了成熟阶段，宗教已经深入人们的内心，成为人们日常生活的一部分。

　　春秋战国时，史官把宗教故事记载进史籍，这时期的宗教故事多数都是幻化和神秘化的历史故事。

　　宗教故事没有神话故事那样迷人，引人入胜，但在题材和幻想形式方面却有了新的变化，这种变化对志怪小说的形成起了重大作用。

　　在神话中，神是幻想世界的主体，神话的幻想境域是排斥人类在外的神灵的世界，而在宗教故事中，人变成了幻想世界的主体，人可以与鬼神互相交往。

在宗教故事中，神已经不像神话中那样可以死去，而是成为大自然中一种神秘的力量，通过显灵来体现它无比的威力。

在宗教故事中，还出现了鬼的观念，人死化为鬼，鬼可以随意变化报恩复仇，这种鬼神不死和随意变化的幻想观念，对志怪小说的形成发生了重大的作用，成为志怪小说创作的一种模式。

春秋战国时，社会动荡不安，再加上生产力低下，人们认识世界的水平原始落后，因此在编著地理学或博物学书籍时，只能根据自己的臆想附会，对地理博物方面的现象加以解释，因此当时的地理博物知识都被披上了一层神秘的色彩而荒诞化了，成为地理博物传说。

春秋战国时期地理博物学中记载的黑齿国、羽民国、不死国、三面国和黑齿人、羽人、独臂人、三面人等诸多志怪化的地方和人物，就是人们道听途说后加以臆想附会的产物，属于地理博物传说。

先秦的地理博物传说主要记载于《穆天子传》《王会解》《山海

经》等古籍中，内容主要是远方的国家和异地民族，还包括神山灵水、奇花异草、珍奇怪兽等，虚幻奇诡，新鲜怪诞。

其中《山海经》的记载最为荒诞不经，是地理博物传说的集大成者。在《山海经》中，地理博物都被神话化和志怪化了。如《山海经》在它的第一篇《南山经》中就有记载：

> 南山经之首曰鹊山。其首曰招摇之山，临于西海之上。多桂，多金玉。有草焉，其状如韭而青华，其名曰祝余，食之不饥。
>
> 有木焉，其状如谷而黑理，其华四照，其名曰迷谷，佩之不迷。有兽焉，其状如禺而白耳，伏行人走，其名曰狌狌，食之善行。

意思是南方首列山系叫作鹊山山系。鹊山山系的头一座山是招摇山，屹立在西海岸边，生长着许多桂树，又蕴藏着丰富的金属矿物和玉石。山中有一种草，形状像韭菜却开着青色的花朵，名叫"祝余"，人吃了它就不感到饥饿。

山中又有一种树木，形状像构树却呈现黑色的纹理，并且光华照耀四方，名叫"迷谷"，人佩带它在身上就不会迷失方向。山中还有一种野兽，形状像猿猴但长着一双白色的耳朵，既能匍匐爬行，又能像人一样直立行走，名叫"狌狌"，吃了它的肉可以使人走得飞快。

人们的这些不科学的臆想附会一旦形成了某种心理定势，就必然会影响到其他典籍的内容和后人的创作。志怪小说就是被影响的一大文体。

与宗教故事不同的是，大多数的地理博物传说没有什么故事情节，只是一些幻想材料，但它却为志怪小说提供了极为丰富的幻想素材和幻想形式，并长期对志怪小说发生了巨大的影响，成为志怪小说的主要内容之一。

神话传说和宗教故事以及地理博物传说构成了古代小说得以发展的基础，为小说的形成创造了条件，但它们之间不是相互独立的，而是相互联系、相互影响的，最后才逐步产生了我国最早的古小说——魏晋志怪志人小说。同时也为其他小说提供了不竭的创作源泉。

知识点滴

《山海经》的地理学内涵是第一性的，它从各个方向有秩序、有条理地记叙各地的地理特征，包括自然地理特征和人文地理特征。

《山海经》记载了许许多多的山，如"堂庭之山""杻阳之山""青丘之山""箕尾之山"等，而每座山的命名是根据山的地貌而定的。

《山海经》中还有极其丰富的水文记载，河流大都记明了源头和注入之处，河流的发源地通常在某一山麓，而它的注入处却远离此山，记述者对于水文的记载时也注意到河流干流的全貌，河流的经由虽不见记载，但是若干干流如黄河、渭水可以从许多支流流入其干道的情况了解到它们的大致流经区域。

《山海经》中的人文地理记述了当时的一些区域的社会人文风俗、经济发展、科技成果等。其中有许多关于先民对于疆域的开发。

六朝小说

　　六朝是指魏晋南北朝6个朝代，是我国古代小说迎来的第一个高峰阶段。两汉时期，虽然出现了一些初具规模的志怪小说，但仅仅是具备了小说的某些形式特征。

　　我国古代小说有两个系统，即文言小说系统和白话小说系统。魏晋南北朝时期的小说属于文言文小说，也可以统称笔记体小说，其特点是采用文言，篇幅短小，记叙社会上流传的奇异故事、人物逸事或其只言片语。

　　魏晋南北朝小说虽然还不具有成熟形态，但在故事情节叙述、人物性格塑造等方面都已初具规模，作品数量也已相当可观。

志怪小说得到迅速发展

　　先秦时期的神话传说和宗教故事以及地理博物传说孕育了志怪小说的萌芽，到魏晋南北朝时，志怪小说得到了迅速发展。

　　这一时期，创作志怪小说的作者众多，上至天子王侯，下至官吏诗人，以及佛道教徒，出于各种不同的目的，纷纷编写志怪小说。

魏晋南北朝时期的志怪小说，不仅数量极其庞大，而且内容相当复杂，表现出较高的质量层次，其作品想象丰富，情节曲折，人物形象丰满，语言优美。

一方面，魏晋南北朝时期的志怪小说继承了先秦时期上古神话传说等的传统，又借助了两汉志怪小说初兴的态势，另一方面，又得到了魏晋南北朝时期各种有利环境的培育，因此，在新的时代环境中呈现出新的发展态势。

在先秦时期，我国就盛行卜算和方术，当时人们的很多事情做与不做以及怎样做，都要取决于卜算和方术，这两种活动似乎已经左右了当时人们的生活。

秦汉以来，当权者极力倡导求仙得道的思想，一时间，人们对得道飞仙充满向往，趋之若鹜。到东汉后，这种信仰情况更加复杂。

一方面，佛教从外传入，并逐渐立足，取得人们的信任。

另一方面，我国的本土宗教道教也兴起并繁盛起来，人们信奉鬼神的信念由此更加坚定。这就为志怪小说的诞生提供了肥沃的土壤。

进入魏晋南北朝以来，社会动荡，人们要为自己编织一个理想的天国，以寻求精神的安慰和心灵的解脱。此时，志怪小说无疑是适应了这种心理需求，因此得到了极大的发展。

还有，魏晋南北朝时期谈风盛行，所谈内容由品评人物、清谈玄理扩展到讲故事。这为各种传说、故事的编造、搜集、汇编、流传等提供了良好条件，对志怪小说的创作更是意义重大。

此外，魏晋南北朝时期，散文、传说、史传等众多文学的繁荣，也为志怪小说的创作发展提供了活跃进步的氛围。

魏晋南北朝志怪小说题材广泛，内容驳杂，大概可分为3类，第一类是神仙鬼怪类。这类小说多鬼神异事，又以鬼的故事为多。

第二类是地理博物类。这类志怪小说直接继承了先秦时期地理博物类著作中带有志怪的传统，又在两汉一些志怪小说的基础上得到进一步发展。

这类小说多记述山川地理，远方异物，多琐碎简短，穿插了大量的神话传说，自成一派，对后世影响深远。

第三类是宣扬宗教类。这类志怪小说一是佛教徒宣扬生死轮回，善恶报应，佛法无边；二是道教徒宣扬长生不老、修炼成仙。它们都新颖动人，想象丰富，构思奇特。

魏晋南北朝志怪小说蕴含着极其丰富的社会内容，有些反映了人们见义勇为和英勇反抗的精神。

《搜神记》是一部记录古代民间传说中神奇怪异的故事小说是

集，搜集了古代的神异故事共400多篇，开创了我国古代神话小说的先河，作者是东晋史学家干宝。其中大部分故事，在一定程度上反映了古代人民的思想感情，集我国古代神话传说之大成。

李寄斩蛇出自《搜神记》，以前东越国有一条大蛇，为祸一方，地方官吏束手无策，听信巫祝神蛇之说，每年送一女孩喂蛇。

将乐县有一百姓名叫李诞，家里有六个女儿，没有儿子。他的小女儿名寄，要应征前往。父母慈爱，终究不让她去。李寄自己偷偷地走了，最后李寄访求好剑和会咬蛇的狗，将蛇杀死了。

李寄斩蛇的胜利，不仅是消灭了蛇妖，更主要的是反映了她敢于斗争的胆略和善于斗争的智慧。

有些志怪小说热情歌颂了纯真美好的爱情。《紫玉韩重》写吴王夫差的小女紫玉与韩重相爱，因父亲反对，气结而死。她的鬼魂与韩重同居3日，完成了夫妇之礼。故事的情调悲凉凄婉，紫玉的形象写得很美。在我国古代的爱情故事中，女性总是比男性来得热情、勇敢、执着，这是值得注意的现象。

还有些志怪小说表现了人们对幸福生活的渴求和向往。《韶舞》写荥阳人何某一次在田间行走，看见一个人跳舞而来，舞姿轻逸翩翩。舞者告诉何某，刚才自己跳的是舜时韶舞，说完又边舞边走。

何某被他的优美舞姿吸引，跟着他走入一个山穴，发现了一个很宽阔的地方，这个地方有数十顷良田。何某留下来垦田生活，后来把家人也接来了，从此他们一家人快乐地在这里生活着。

总体来看，魏晋时期的志怪小说还不属于有意识的文学创作，叙事多，描写少，不精心刻画人物形象，一些故事虽以离奇取胜，情节又往往很简单，但是一些优秀作品在艺术上也取得了很大的成就。

一些志怪小说加强了故事的完整性和丰富性，开始注意避免平铺直叙，追求情节波澜曲折，代表作品有《干将莫邪》《韩凭夫妇》《李寄斩蛇》《左慈》等。其中，《干将莫邪》的开头、发展和结尾三部分，完整圆合，很自然地推进了故事的情节。

一些描写妖魅神怪的小说在离奇曲折情节的基础上，还常常赋予被描述对象以人性和可感的音容笑貌，用写人的手法来写鬼神妖魅，富于人情味和生活情趣，令人兴味盎然，给人以丰富深刻的感受。

魏晋时期一些志怪小说已初步注意了对场面、人物动作、人物语言进行细节性的描写渲染，以衬托人物性格。

《搜神记》的《干将莫邪》和《韩凭夫妇》中，也都有关于人物语言和行动的细节描写，这对塑造人物形象帮助极大。

知识点滴

魏晋南北朝的志怪小说在我国小说史上有着十分重要的意义。唐代传奇就是在它的基础上，又接受史传文学的影响而发展起来的相当成熟的文言短篇小说。

同时。魏晋南北朝志怪小说为白话长短篇小说、戏剧提供了丰富的神怪故事素材。

宋人平话如《生死交范张鸡黍》《西湖三塔记》出自《搜神记》相同题材的故事；明长篇小说中的《封神演义》《三国演义》吸收了《搜神记》的若干材料；关汉卿的《窦娥冤》，汤显祖的《牡丹亭》《邯郸记》是《东海孝妇》《庞阿》《焦湖庙祝》的进一步发展。

另外，志怪小说在艺术想象和表现手法上为后代小说积累了一定的艺术经验，一直给后代小说以深刻的启示和影响。

志人小说的形成与成就

魏晋南北朝时期，志怪小说获得了迅速发展，并取得了一定的成就，这个时期能与志怪小说并驾齐驱的只有志人小说。志人小说，又称"轶事小说""清谈小说"，主要记述人物言行和记载历史人物的传闻轶事。

志人小说与志怪小说的本质区别在于志人小说是以人间故事、世俗生活为表现对象，是借神话传说、寓言故事和史传中记载的人物言行片断等手段，不断发展而成就自我的，这些志人故事虽短小，却也传神动人。

与志怪小说一样，志人小说繁荣既有其文体自身原因，同时也是受外部环境影响作用的结果。

首先，志人小说是受先秦寓言故事、史传文学影响的结果。这些寓言故事和历史散文中一些关于人物言行举止、行为琐事的描写，深深地根植于魏晋时期许多文人心中，文中描写的高超艺术手法也为魏晋六朝文人所借鉴。

其次，魏晋南北朝的社会情况也有利于志人小说的发展。魏晋南北朝时期，士人崇尚清谈，喜欢品评人物，实际上是受东汉时期的影响。东汉中期，士人之间，多重"品目"。所谓品目，就是品评、衡量人物的优劣高下，品评标准就是人物的言谈行为。

当时的朝廷凭借议人取士，就是重视人物评议，凡被称誉的人，均可以获得"孝廉""贤良"之名，被朝廷征用，以此步入仕途，所以一句话就可能决定着一个人的成败与否。而那些没有得到"孝廉""贤良"之名的人则很难进入仕途，甚至会遭人唾弃。这种风气盛行的同时，也使得士人的各种琐事轶闻流传一时，这就为志人小说提供了非常重要的素材。

进入魏晋南北朝时期，文人名士用老子和庄子的思想来解释儒家经义，他们抛弃所有事务，只谈玄理，这就是"清谈"之风。文人名士将这些品评人物和清谈言辞收集整理，编撰成书，就是志人小说。

志人小说的主要内容是记述人物言行和琐闻轶事，按其内容大致可以分为3类：笑话、琐言、轶事类。因为这时期的志人小说有很多都是琐言与轶事兼载并记的，所以常将二者合为一点阐述，称为"琐言轶事类"。

笑话类志人小说多讲述幽默诙谐并带有讽刺意义的小故事。先秦寓言、两汉的史传中，就包含了许多笑话类的故事。

笑话作为一种文学体裁，是用生活中荒诞且不合常理之事来提示矛盾，启迪思想，使人们从中受到教育，正是所谓的将教育蕴藏在娱乐当中。

好的笑话要贴近现实、褒贬得当。我国的笑话来自民间，民间笑话的第一次搜集、整理并编撰成书，是由三国时期魏国书法家邯郸淳完成的，他的著作《笑林》是我国笑话类小说的首部，也是第一部志人小说。《笑林》所收的民间笑话，反映了一些人情世态，生动有趣，对后世具有重大影响。

琐言轶事类志人小说是志人小说的主体，其内容要比笑话类志人小说内容丰富许多，其中有记述东晋至南北朝文人名士的言语及琐闻轶事的；有记述当时上层妇女言行品德，讽喻其妒忌行为，提倡无嫉之德的。这类小说主要有《语林》《郭子》等。

此外，还有载录具有小说意味的民间故事的；也有描述野史性质的短小故事的；更有记录当时名人士族的玄妙清谈、怪异嗜好及各类遗闻轶事，从而表现他们的人生态度、文化趣味的。这类小说代表作是葛洪的《西京杂记》。

《西京杂记》主要记述西汉人物轶事，也涉及宫室制度、风俗习惯，带有怪异色彩。其中有些故事后来很流行，如"王昭君、毛延寿"故事，卓文君故事。

另外，从艺术角度看，琐言轶事类志人小说要超过笑话类志怪小说，其内容多姿多彩，语言之精妙，文字之传神，也是笑话类志人小说所不及的，一直被人所津津乐道。

南朝宋刘义庆编撰了一部志人小说，这部志人小说名为《世说新语》，它是我国最早的一部文言志人小说集，其成就和影响最大，代表了魏晋南北朝时期志人小说的最高峰。

《世说新语》全书共收1000多则故事，记述简练，一般只有数行文字，短的只是三言两语。它主要记载汉末至东晋年间一些士大夫的言行轶事，对统治阶级的政事和日常生活也有所涉及。

通过这些描写，形象地反映了当时的社会风貌，尤其是反映了士大夫阶层的生活状况乃至精神世界。其中有不少批判黑暗现实、讽刺奢侈淫逸、赞扬智慧和善良的记述。

《世说新语》语言质朴精练，有的就是民间口语，言简意深，耐人寻味。记载人物往往是一些零碎的片断，但传神地表达了人物的个性。书中随处可见出色的比喻和形容、夸张和描绘。

志怪小说与志人小说相比，志人小说缺乏志怪小说丰富的想象和幻想，以及鲜明的人物形象和比较完整的情节，因此，志怪小说具有更多的小说因素，更容易发展成更高级的小说形态。

在先秦两汉时期，小说是由稗官来写的，稗官是什么样的官呢？稗官是古代的一种小官，专门给帝王搜集街谈巷语以及道听途说之言，后来称小说为稗官，泛称记载逸闻琐事的文字为稗官野史。稗官反映对象的身份很不明确，因为街谈巷语的传说中，各种人物都有。

三国时魏国书法家邯郸淳编著的《笑林》是我国最早出现的志人小说，这部小说体现了这种街谈巷语来源的不明确性。

邯郸淳虽然不是稗官，但却是以稗官的身份写的《笑林》。史载邯郸淳晚年被魏文帝辟为博士给事中，《文心雕龙》记载："至魏文因俳说以著笑书。" 邯郸淳采集、编排民间街谈巷语中的笑话，向魏文帝进说。

知识点滴

"文言双璧" 的艺术成就

志怪小说和志人小说共同开创了魏晋南北朝小说的繁盛，从数量上看，志怪小说和志人小说数量颇丰，著名的志怪小说有《列异传》《博物志》《玄中记》《搜神记》《神仙传》等，其中《搜神记》写得最好，是志怪小说的代表。

志人小说的数量不多，著名的有《笑林》《世说新语》等，其中《世说新语》是志人小说的集大成之作，是志人小说的代表。

《搜神记》和《世说新语》共同铸造了魏晋六朝文言小说的辉煌，代表了魏晋六朝时小说的最高成就。

　　《搜神记》的作者是东晋时的史学家干宝。干宝十分笃信世界上有鬼神，是一个不折不扣的有神论者，他在《搜神记自序》中称："及其著述，亦足以发明神道之不诬也。"就是想通过搜集前人著述及传说故事，证明鬼神确实存在。

　　《搜神记》中，干宝搜集了400多篇古代神异故事，另外，还搜集了不少民间传说和神话故事，其中大部分故事在一定程度上反映了古代人民的思想感情。《干将莫邪》《李寄》《韩凭夫妇》《吴王小女》《董永》等是其中的名篇。

　　干宝描述鬼神妖怪之事，多采用虚构手法、夸张手段，使小说极具浪漫主义色彩。

　　《韩凭夫妇》其中一段这样描述：

　　　　宿昔之间，便有大梓木生于二冢之端，旬日而大盈抱。屈体相就，根交于下，枝错于上。又有鸳鸯，雌雄各一，恒栖树上，晨夕不去，交颈悲鸣，音声感人。宋人哀之，遂号其木曰"相思树"。

大意是康王在迫害韩凭夫妇致死后，为了泄愤，将他二人分开埋葬。一夜之间，便有大树长在两座坟墓之上，根交于下，枝错于上，更有雌雄一对鸳鸯在树上交颈悲鸣，久不散去……

小说中富有浓厚浪漫主义色彩的神奇结尾，象征着韩凭夫妇的精神不死，永不分离。其神奇的想象，让人感到故事的凄美和浪漫。

在叙事故事时，作者干宝注重叙事技巧，讲究故事的曲折起伏，脉络清晰，因果相连，还扩大了作品的容量，增强了故事的完整性。

如《干将莫邪》的故事在《列异传》中的描写不足200字，而在《搜神记》中却增至400多字，这就大大完整了故事情节。

干宝还注重人物形象的塑造，增强现实感。小说中那些鬼怪故事，本是不存在的，但作者着力笔墨来突出人物形象和性格特征，使故事的现实感和可读性都有所增强。

如在叙述宋定伯捉鬼过程时，宋定伯先是大胆与鬼交谈，一步步了解鬼的底细。在掌握鬼的弱点后，将其卖掉，成功地塑造了一个机智勇敢的人物形象。

在文法上，《搜神记》运用了韵散结合的形式。这种形式不仅影响了其他小说的创作，也使其成为古代小说的民族特色之一。

《世说新语》由南朝宋刘义庆召集门下食客共同编撰而成，刘义庆是宋武帝刘裕的侄子，《宋书》记载他"招聚文学之士，近远必至"，可见《世说新语》应该成于众人之手，是众人智慧的结晶。

《世说新语》分上、中、下3卷，依内容分有："德行""言语""政事""文学"等，共36类，每类收有若干则，全书共1000多则，每则文字长短不一，有的数行，有的三言两语。

《世说新语》内容丰富，文笔精练，往往通过只言片语，便可生动传神地表现人物性格，可谓简约传神。作者运用精练简洁的语言，描绘人物的言谈举止，令人过目难忘，"刘伶病酒""蓝田性急"等故事，语言简约，刻画人物形象生动，充分地说明了这一点。

作者善于通过对比和细节，凸显人物的个性。如在描写管宁与华歆时，华歆不仅对黄金动心，又对官位贪慕，正直的管宁最终与他割席断交，表明了他们的不同追求。

在描写周处和戴渊如何弃恶从善，成为经纬人才时，作者着力描写了周处的转变过程，细致生动，见微知著。

《世说新语》将士人作为一个群体来研究，并对人性的丰富性、复杂性展开探索，体现了作者对人的审视的不断丰富。这对后世小说有着重大的参考和借鉴意义。

知识点滴

　　《搜神记》内容丰富，语言雅致清峻，是"直而能婉"的典范，对后世影响极大。它不但成为了后世志怪小说的前世参照标准，又成为后人文学创作素材的宝库，传奇、话本、戏曲、通俗小说经常从中选材。

　　《搜神记》的续作、仿作很多，最著名的为署名陶潜的《搜神后记》10卷。这部书是否真的为著名的大诗人陶渊明所作，还不能确定。

　　该书除少数故事与《搜神记》《灵鬼志》等书相重外，绝大部分采自当时的民间传闻。书中多讲神仙故事，其中有一些优秀的文章，如卷五的"海螺女"故事和"阿香推雷车"故事等，都十分优美，历代传诵。

唐代小说

　　古代小说发展到唐朝，进入了一个新的发展阶段，呈现了欣欣向荣的景象，被称为"特绝之作"的传奇小说，在这个时期开始出现在文坛上，并以其优美的艺术形式和广阔的社会生活内容为世人称道。

　　唐代传奇小说是唐代的文言短篇小说，内容多传述奇闻异事，简称唐传奇。它远继神话传说和史传文学，近承魏晋南北朝志怪和志人小说，发展成了一种以史传笔法写奇闻异事的小说体式。

　　有学者称唐传奇"始有意为小说"，标志着我国古代小说创作进入一个新的阶段。

唐传奇小说的形成与兴起

　　唐代前期，社会比较安定，农业和工商业都得到发展，像长安、洛阳、扬州、成都等一些大城市，人口众多，经济繁荣。这种状况，开阔了唐朝文人的视野，为他们的创作提供了丰富的素材，他们开始逐渐摆脱志怪小说的狭小范围，而去表现更为广阔的社会现实生活。

　　这一时期，市民阶层兴起，为了满足他们对文化娱乐的需要，产生了"市人小说"。"市人小说"就是民间说话艺术。

　　当时佛教兴盛，佛教徒也利用这种通俗的文艺形式演唱佛经故事或其他故事，称为"变文"，促进了说话艺术的发展。

　　当时，从民间到上层，说话艺术普遍受到人们的喜爱。唐小说家郭湜的《高力士外传》记载：唐玄宗晚年生活寂寞，高力士经常让他听"转变说话"，即说变文和小说给唐玄宗解闷取乐。

　　当时文人聚会时，也有以"说话"消遣的。文士间流行说话风气，其说话艺术很细致，这就成为促使唐传奇大量产生并取得突出成就的一个重要原因。说话艺术的现实性、通俗性、传奇性为唐传奇小说提供了有益的借鉴。

在唐代，儒家、佛教、道教三家并存，人们的思想比较活跃，统治阶级特别提倡道教，道士在社会上享有各种特权，风气所及，很多人竞相建筑道观，崇尚道教，妄想长生不老，飞天成仙，这就客观上促使求仙问道的作品大量问世。

另外，佛教也深深影响着唐传奇小说的发展，唐传奇小说在佛教文学和佛教民间故事的影响下，想象力更为丰富，语言更为平易、准确、具体、生动，同时，佛经散韵夹杂的体裁，对传奇小说的结构形式也有一定的影响。

唐代文人逐步放下了对小说的轻视态度，转而投注到这种比文赋诗词更富趣味的创作中。另外，唐代科举取士，重视文学。在各科中，诗赋杂文的进士科最受重视。士人在应试之前，常将自己所作的诗文给当时有名望的人看，以求称誉，扩大社会名声，为考中进士科创造条件，称为"行卷"。传奇文也常用作"行卷"。

宋赵彦卫《云麓漫钞》记载：

唐代士人行卷，逾数日又投，谓之'温卷'，如《幽怪录》《传奇》等皆是也。

这就在一定程度上促进了传奇小说的发展。

唐代是一个充满浪漫主义的时代。唐代文人思想活跃，他们需要找一个超脱现实以外的精神归宿寄托他们的这种浪漫情怀，而传奇小说就为他们提供了这种虚拟的世界，供其阐述观点和寄托情思。

还有，同时期的其他文体，如诗歌、散文以及故事化的辞赋，也为唐传奇小说的繁荣输送了新鲜血液，它们的语言特点、表现手法、浪漫情结，均对传奇小说产生了巨大影响。

相对于魏晋六朝小说，唐传奇有着巨大的进步。唐朝以前的所有小说，都只是一种不自觉的文学创作。魏晋六朝的志怪小说，就是为了将作者所信的鬼神异事描述出来，直陈其事，是无意间的创作或者说是记录。

但是唐传奇小说则是有目的、有意识地进行小说创作，借小说的形式和内容，来表达自己的观点、看法和思想，是"始有意为小说"。

唐以前的志怪小说只是粗陈梗概，内容驳杂，篇幅短小。而唐传奇小说则将其丰富为一个完整的故事，表达一定的思想，写人叙事严谨规范，笔法精湛，技艺高超。

还有，唐传奇小说的内容和题材不断丰富和扩大。志怪小说专写神仙鬼怪之奇事，而唐传奇小说不止记录鬼怪之事，更多的是描写人间世俗的事。

如民间流传的精怪故事，朝野传颂的人间佳话，侠肝义胆的英雄故事，以及感人肺腑的爱情神话等等，而这些内容又往往结合在一起，直面现实，勇敢地批判丑恶，歌颂高尚的情感，这显然是是小说发展的一大进步。

此外，在语言和情节构造上，唐传奇小说也得到进一步突出。语言方面，从简练古朴到文辞华丽；情节从风趣有致到委婉曲折、波澜起伏。唐传奇小说是真正符合要求的小说，标志着我国古代小说进入了欣欣向荣的阶段。

知识点滴

唐传奇来源于世俗生活，也反映世俗生活。传奇之"奇"与爱情、豪侠、隐逸的联系非常密切。

沈既济的《任氏传》、许尧佐的《柳氏传》、元稹的《莺莺传》、白行简的《李娃传》、陈鸿的《长恨歌》、蒋防的《霍小玉传》、沈亚之的《湘中怨解》等，都是爱情名篇。唐传奇中，也出现了一系列引人注目的豪侠形象，如红线、红拂、聂隐娘等。大多数的正史为建功立业者做传，但唐传奇却鼓励人们去做隐士。沈既济的《枕中记》、李公佐的《南柯太守传》都表现了对隐逸生活的追求和向往。从这里，我们可以看到，爱情、豪侠、隐逸这三种题材，向来为正史所拒绝，或处于正史的边缘，但在唐传奇中，它们却居于中心地位。

唐传奇小说的发展历程

　　唐传奇小说的发展历程大体可分3个阶段。初、盛唐时期是唐传奇的发轫时期，也是由六朝志怪小说到成熟的唐传奇的过渡时期。

　　中唐时期是唐传奇小说的鼎盛时期。这一时期不仅是传奇小说作家和作品数量最多，而且作品质量也是最高的。

　　晚唐是唐传奇小说的衰落时期，虽然作品数量不少，并出现了专集，但内容较为单薄，艺术上也较为粗俗，唯有豪侠题材的作品成就较高。

　　初唐至盛唐时期，唐传奇小说基本沿袭了六朝志怪小说的遗风，内容多以描写神怪故事为主，在描写神话故事时又穿插了人世间的事。

虽然描写还比较粗糙，但是已经注意到形象的描绘与结构的完整，叙述故事发展过程比较详细具体，篇幅有所增加，已经向有意识创作靠近。

唐传奇小说中最早的《古镜记》，相传为隋末唐初人王度所作，它以古镜为线索，把10多个怪异故事连缀起来组成长篇，叙述较为细致，比六朝志怪小说有很大的进步。

《补江总白猿传》一般也被推测为属于这时期的作品。内容属志怪一类，情节较曲折，描绘也较具体生动。它避免了平铺直叙、流水账式的简单记述手法，而是绕着中心情节，展开矛盾冲突。

《补江总白猿传》是用简洁优美的古文写成的，叙事较为生动形象，虽然还没有摆脱六朝志怪小说的怪异的色彩，但在一些艺术表现手法上已经有了很大的改变。

唐高宗、武则天时期，张鷟撰写成传奇小说《游仙窟》。《游仙窟》的最大特点是基本采用一种韵散相间的形式，在简单的故事情节中，穿插着大量的诗歌骈语，并以此作为全篇的主体，这对后来的传奇小说通过赋诗言志来交流人物感情的写法，起到了启示的作用。

《游仙窟》基本上摆脱了志怪小说的神怪气息，开始着眼于人世间的生活的描写。

这一时期，还有张说的传奇小说《绿衣使者传》也着眼于市民生活，着重表现人情世态。这表明，这时一期的传奇小说开始向新的领域扩展了。

进入唐代中期，传奇小说迎来了空前繁荣的时代，这一时期，涌现了大量的传奇作家和作品，一些最优秀的单篇传奇，几乎都产生在这一时期。

这一时期多数作品内容从前期的以志怪为主转为以反映现实生活为主，即使有一些涉及神怪的篇章，也往往具有社会现实内容，而且反映的生活面较广。作品想象丰富，构思精巧，情节曲折动人，注重人物形象的描摹和刻画，生活气息浓郁。

这一时期的传奇小说作品，大致可分为神怪、爱情、历史、侠义等类别。其中有些作品内容交叉。神怪类讲的是神仙鬼怪一类故事，题材虽沿袭六朝志怪小说的传统，但内容、形式都具有新的特色。

小说家沈既济的《枕

中记》李公佐的《南柯太守传》等作品，分别写卢生、淳于棼于梦中位极宰相，权势显赫，梦醒后猛然觉悟，皈依宗教的故事，表现了人世荣华富贵如梦境空虚，不足凭恃的意味。

这两篇作品受南朝志怪小说《幽明录》中《焦湖庙祝》的影响，但是《焦湖庙祝》全文仅百余字，叙述简略。

《枕中记》《南柯太守传》两篇则篇幅较长，描绘具体，情节细致，显示出作者"施之藻绘，扩其波澜"的特色。

不仅如此，这两部作品由于把梦境中的仕途遭遇与波折铺叙得淋漓尽致，也间接反映了当时朝廷和官场的某些情况，具有一定的现实意义。

爱情类作品是这一时期传奇小说写得最精彩动人的，代表了唐传奇小说的最高成就，这些作品大多歌颂坚贞不渝的爱情，塑造了众多的具有反抗精神的女性形象。

这类主要作品有《霍小玉传》《李娃传》《莺莺传》《柳毅传》《离魂记》等。

《霍小玉传》是一篇描写沦落风尘的女子与士子恋爱而以悲剧结尾的传奇小说，作者把霍小玉塑造成一个美丽痴情而又坚韧刚烈的悲剧形象，文中这样写道：

但觉一室之中，若琼林玉树，互相照耀，转盼精彩射人。

她温柔、善良、痴情、单纯、敢爱敢恨，而且琴棋书画样样精通，她的悲惨命运让人扼腕，让人叹息。

《霍小玉传》着眼于当时社会环境与人物性格的关系，塑造出鲜明的人物形象。善于运用对比、映衬、烘托等艺术手法，使人物显得鲜明、丰满。其中霍小玉的痴情与李益的负心，其对比尤为强烈，这种对比，对于塑造这两个人物形象，起到了很好的艺术效果。

《李娃传》写荥阳大族郑生喜欢上了长安风尘女子李娃，两人屡经波折，几经丧生，终获美好结局的故事。作品结构非常完整，故事情节波澜曲折，叙述清楚，主要人物性格展现丰富，具有一定的现实意义。

此外，爱情类传奇小说中还有一些具有神怪色彩的爱情小说，如

《任氏传》《离魂记》《李章武传》等，这些小说继承了魏晋六朝的志怪小说，又有所创新，在神奇怪异的描写中充满了人间社会的清新气息，富有浪漫主义色彩。

此外，还有一些反映历史、社会以及表现侠义的作品，代表作品有《长恨歌传》《东城老父传》《谢小娥传》《冯燕传》等，这些作品有的具有较高的史学价值，有的具有较高的文学价值，对后来的传奇小说都具有一定的借鉴意义。

唐代晚期，唐传奇小说的数量大为增加，出现了大批传奇小说专集，主要有《郭远振》《玄怪录》《续玄怪录》《纪闻》《集异记》《三水小牍》等，这些作品内容多是搜奇猎异，神怪气氛浓厚，与现实生活逐渐疏远。

晚唐时，一些表现豪士侠客的作品写得很好，具代表性的有《红线传》《聂隐娘》《昆仑奴》等。一些以爱情为题材的传奇作品，写得较好的有《无双传》《步飞烟》《崔书生》等。

传奇小说专集中还有一些小故事，虽然情节比较单纯，描写也不够细致，但思想内容具有进步意义。

皇甫氏《原化记》中的《京都儒士》，写京都一儒士自称有胆气不畏鬼怪，某夜独宿凶宅，心中惊怖，丑态毕露，刻画了一个言行不一的知识分子形象。作品篇幅短小而含意隽永。

唐代诗歌发达，产生了不少关于诗人及其创作的传说和故事。其中一部分也富有传奇色彩。单篇中如《柳氏传》《秦梦记》，专集中如《集异记》的《王维》《王之涣》等均属此类。

《云溪友议》《本事诗》两书，主要或专门记载有关诗人诗作的故事。

魏晋人崇尚清谈放诞，产生了《语林》《世说新语》等笔记小说；唐人崇尚诗歌，产生了《云溪友议》《本事诗》等故事集，从中都可以看出一个时代的特殊风气。

知识点滴

唐传奇小说语言，一般运用散体，但多四字句，句法较整齐，沿袭了六朝志怪小说的传统。六朝志怪小说如《搜神记》等，语言比较质朴，不讲究对偶和辞藻，在当时区别"文""笔"的风气下，属于"笔"这一类，但因受骈文盛行的影响，一部分语句句法比较整齐，风格上也有与骈文接近的一面。

唐传奇小说的语言，就是沿着这一方向发展的。有些篇章如唐代前期的《游仙窟》，甚至以骈体为主，但多数作品虽夹杂骈句，基本上仍是散体。不过由于作者有意重视文采，不少作品语言颇为华艳。

中唐时传奇繁荣，名篇迭出，古文大家韩愈、柳宗元在当时风气影响下，也写了几篇接近传奇小说的文章，如韩愈的《毛颖传》、柳宗元的《河间传》。但它们不像传奇小说那样注意讲述有趣味的故事，着重表现作者的意想和文采。

传奇小说的风格和艺术

　　唐传奇小说是古代小说历程的一部分，有着小说固有的特点，也有许多不同之处。它突破了六朝志怪小说粗陈梗概的格局，在文学创作方式、人物形象塑造、情节结构安排和语言运用方面都取得了突破性的成就。

　　魏晋六朝的志怪志人小说的作者缺乏主动创造性，作品粗陈梗概。而唐传奇小说的作者一般都是有意识地进行小说的创作，通过故事情节和人物形象反映现实生活或某种理想，在创作过程中，充分发挥想象、虚构的才能，使故事更生动，人物形象更具有典型意义。

唐代传奇小说继承和发扬了史传文学现实主义的传统，也汲取了神话、志怪小说的浪漫主义精神，在创作上发展到一个新的水平。

唐传奇小说中有不少描写现实生活的作品，比较注意"对于人和人的生活环境作真实、不加粉饰的描写"。作家对生活的观察相当深刻、细致。这种意识表现在创作中，不但在细节描写上强调塑造了典型环境中的典型人物，并且通过情节发展表现出来的倾向性也较鲜明。

唐传奇小说中浪漫主义的创作方法也比比皆是。一些描写婚姻爱情的作品，反映了人们积极向上的、进步的理想，赞颂了某种高尚的道德情操，具有鲜明的积极浪漫主义的倾向。

唐传奇小说大多融诗于文，诗意浓厚。虽然小说中出现诗歌，古已有之，但只有在唐传奇中，诗文才如此频繁出现，而且成为小说表现人物、推动情节、突出主题的必要手段。

同时小说的创作者们力求在人物、情节、主题中渗透诗意，实现小说的诗意化，从而使小说诗意化成为唐传奇的一大标志性特色。

唐传奇小说的诗意化特征还表现在对史传叙事方式的继承和发展上。叙事方式一般有两种，即讲述式和呈现式。唐传奇小说继承了史传的呈现式叙事方式，有概述，也有场景，但明显区别于史传。

概述主要方式是开篇介绍主人公姓名、籍贯、家世、时代等，故事开头介绍时间、地点和缘起，最后交代结局。而中间部分事件、人物的行为和言行，属于场景描写。

唐传奇小说的这些概述的表现形式和功能较史传文学要多得多，而场景描述也摆脱了纪实性的限制，充满了想象，虚构成分比较大，充满了浓郁的诗情。

唐传奇小说除了在风格上呈现出这些雅文化特征外，在艺术手法上也取得了多方面的成就。唐传奇人物描写细致入微。

不少传奇小说作者是人物写生的好手，他们不仅善于用精湛的细节描写来提示人物的心理活动，用对比衬托的手法来表现人物的性格特点，而且尤工于白描式的肖像摹写，往往三言两语即飞笔传神，塑造典型的人物形象。

唐传奇小说中出现了社会各个阶层的人物，从帝王后妃、文武大臣，到文人商贾、侠客僧道、乐工艺伎、姬妾丫环，以虚构想象为基本创作手法，反映社会各个阶层的生活。

一些以历史和现实生活为题材的作品，如《长恨歌传》《虬髯客》，作者并不拘于史实、传闻，而是根据创作需要，因文生事，幻设情节，多方描绘环境，巧妙编织对话，深深探寻人物内心的隐秘，使人物形象丰满传神。

唐传奇小说创作者已经自觉地运用肖像、心理等描写方式，描绘日趋细致，细节描写大量增加了，因此，人物形象更加具体，更加活灵活现。

唐传奇小说的篇幅大多很长，几乎都是千字以上的。与志怪小说相比，同一主题，同一故事，篇幅却不同，原因就是唐传奇丰富了故事的情节，扩大了矛盾的波澜，可谓构思精巧，情节曲折。

唐传奇以前的小说，大多是评论式的，只是纯粹的记叙和议论，所以短小。唐传奇小说则基本上放弃了这种直接议论的写作方式，大量地运用了描写的手段，并将描写和记叙有机地结合了起来，细致入微地描写现实生活，从而使作品有可能淋漓尽致地反映客观生活，取得了卓越的艺术效果。

唐传奇小说还特别注重故事结构的完整性和情节发展的波澜起伏，曲折有致。以侠义为题材的《红线传》也是以曲折的情节显示人物的奇特经历，其开端并未立刻展开故事情节，而是借助"名晓音律"的特征性描写，提示红线的才能及与薛嵩的关系，为下文的情节做了准备。

唐传奇小说语言凝练，文采斐然。唐传奇小说的作者，往往以人物的出身、教养、性格为基础，安排不同的语言，表现人物个性。

如《霍小玉传》中描写霍小玉初见李益，低头微笑道："见面不如闻名。"

足见其性之温婉；而当李益负心时，又道："……今当永诀! 我死之后，必为厉鬼，使君妻妾，终日不安!" 决绝之态，刚烈之情，溢于言表。

唐传奇小说既继承了古代散文和骈体文以及诗歌、民间俚语、俗谚中有生命力的词汇，又汲取了前人在语言结构方面严谨而又灵活，精炼而又准确的优良传统，形成唐传奇独特的语言风俗。

唐传奇小说的语言比较通俗化，这主要是由于唐传奇小说广泛地运用了市井间的俗言口语。在唐传奇小说中，人称代词往往直接用"我""你""他"。另外，唐传奇小说还引用民间歌谣，通俗化程度进一步加深。

唐传奇小说的创作者不求情节的真实，而是希望从中获得超越日常生活的幻想情趣。

明代著名学者胡应麟在《少室山房笔丛·九流绪论》说："凡变异之谈，盛于六朝，然多是传录舛论，未必尽幻设语。至唐人乃作意好奇，假小说以寄笔端，如《毛颖》《南柯》之类尚可，若《东阳夜怪录》称'成自虚'，《玄怪录》'元无有'，皆但可付之一笑。"

这段话包含了对唐传奇小说的鄙薄，但却准确地揭示出了唐传奇小说作者"作意好奇"，也就是有意虚构的特点。

一些传奇小说作家往往有意在小说中留下虚构的痕迹，如李公佐《谢小娥传》，谢小娥的父亲和丈夫被申春、申兰所杀，他们向谢小娥托梦，本应当直接点出申春、申兰的名字，但文章却没有，而用了"田中走，一日夫"，"车中猴，东门草"来隐他们二人的名字。这显然不合情理，而是出于有意的虚构，制造一种特殊的效果的。

知识点滴

传奇小说主要成就和影响

唐代传奇小说揭开了我国现实主义小说的序幕，反映了城市社会生活的繁荣复杂。在我国小说史上承前启后，占有重要地位。

唐传奇小说的创作者们都是有意识地进行小说创作，不但扩大了小说的题材，而且提高了小说创作的艺术水平。

魏晋六朝时，志怪小说处于传录异事、粗陈梗概的阶段，而唐传奇的作者更注重作品的审美价值，注重小说愉悦性情的功用，将小说发展到了比较成熟的阶段，也使小说形成了自己的规模和特点。

唐传奇小说的写作动因，或是友朋相遇，"昼宴夜话，各征其异说"，或是"会于传舍，宵话征异，各尽见闻"，最后由善于叙事的朋友整理成篇，这是唐传奇小说产生的基本模式。

唐传奇小说更加关注个性生命和个体情感，角度全面地展示纷纭复杂的人世生活，让诸色人等在作品中跃动，借以寄寓个人的志趣爱好和理想追求。传奇的创作者对各种传说见闻除艺术加工外，还在其基础上进行杜撰和虚构，从而使小说具备传奇的特点。

那些以神怪、异梦为题材的作品，讲的本就是虚幻无稽之事，虚构想象自然成为其基本手法，即使以历史和现实生活为题材的作品。《长恨歌传》《霍小玉传》等，作者也并不拘泥于史实、传闻，而是根据创作的需要，深深探寻人物的内心隐秘，有目的地进行再创作。

在结构布局上，唐传奇往往采用史传的表现方法，明确交代故事发生的时间、地点，甚至标注年号，造成心理上的真实感觉。

唐传奇小说的布局不过是一个外在的框架，而在故事展开过程中，则绝不受其限制，既大量使用虚构、想象，又致力于细节描写，在真假实幻之间，创造出情韵盎然、文采斐然的艺术品。

唐传奇小说篇幅一般不长，短的仅有几百字，长的也没有超过1万字，但构思奇异新颖、富于变化，使有限的文字生出无限的波澜，以曲折委婉的情节引人入胜。如《李娃传》《莺莺传》《柳毅传》几篇描写爱情的佳作都善于选择一个有典型意义的事件，展开矛盾冲突，但其构思方式和情节结构却各不相同。

《李娃传》情节跌宕起伏，充满戏剧性的变化，最后以大团圆结局，颇具世俗气息。《莺莺传》则以"始乱终弃"为线索，叙述描写中不时杂以短小精当的诗作，穿针引线，醒目提神，强化了作品的抒情性和悲剧效果。

《柳毅传》的构思和情节，以离奇变幻、巧妙曲折为特色。在柳毅为龙女传书的使命已经完成，准备离开龙宫之际，突然插入钱塘君逼婚一节，使得波澜再起；柳毅回家后两次所娶之妻均夭折，最后与卢氏成婚，而当谜底揭开后，方知这位卢氏正是龙女的化身。情节安排环环相扣，一转再转，既出人意料，又在情理之中。

不少传奇小说作者还善于人物写生，他们不仅善于以精湛的细节描写来提示人物的心理活动，用对比、衬托手法来表现人物的性格特点，而且工于白描式的肖像摹写，往往三言两语，即飞笔传神。

唐传奇小说叙述事件简洁明快，人物对话生动传神，词汇丰富，句式多变。有些作品虽然施以藻绘，却没有给人以繁缛之感，一些佳作更善于用诗化语言营造含蓄优美的情境。在描写景物、渲染气氛时，或简笔勾勒，或浓墨重染，极富艺术表现力和感染力。

唐传奇小说创作了一系列不同类型的艺术典型，如霍小玉、李娃、崔莺莺、任氏、柳毅、卢生等，都是富有艺术生命力的人物形象。唐代传奇小说对后代小说、戏曲及讲唱文学的影响很大。唐传奇小说的很多题材和人物为宋以后的白话短篇小说和话本所采用。

沈既济作的《枕中记》，写卢生在梦中做了丞相，权势煊赫，梦醒觉悟，皈依佛教，表现人世富贵如梦境之空虚。此作标志唐传奇创作进入全盛时期，对后世文学颇有影响。

宋罗烨《醉翁谈录》记载，宋代有不少根据唐传奇故事编成的话本，但大多已经遗失。明人所辑的话本集《清平山堂话本》"三言""二拍"中，也保存了好些取材于唐传奇的话本。

唐传奇小说中叙事、诗笔、议论相结合的形式，即所谓"文备众体"的特点，以及传奇描写人物的手段，如比较细腻的细节描写，传神的人物对话，等等，对话本也都有所借鉴和发展。

清代蒲松龄的《聊斋志异》更是继承并发展了唐传奇小说人物形象鲜明、故事情节曲折、语言华艳生动的特色，获得了巨大的成就。

大凡著名的传奇故事，在后代都各自产生若干同一题材的戏曲。最为人所知的是《长恨歌传》对元代诸宫调《天宝遗事》、杂剧《梧桐雨》和清代传奇戏曲《长生殿》的影响；《莺莺传》对宋代《崔莺莺双调蝶恋花鼓子词》、元代《西厢记》的影响；《霍小玉传》《枕中记》对传奇戏曲"玉茗堂四梦"的影响，等等。

改编的这些作品，有的增添了新内容，有的有所发展和创新，成为一代佳作，代表作品有《西厢记》《长生殿》等。

知识点滴

元稹的《莺莺传》是著名的唐传奇小说，在唐传奇小说的发展中具有里程碑的意义。在它之前小说，如《离魂记》《任氏传》《柳毅传》等反映爱情生活的作品，都多少带有志怪的色彩。《莺莺传》写的则是现实世界中的恋情。

《莺莺传》是唐代传奇中影响最大、流传最广的传奇作品之一，故事广泛流传。宋代有赵令畤《商调蝶恋花》鼓子词、《莺莺传》话本、《莺莺六幺》杂剧，金代有董解元《西厢记诸宫调》，元代有王实甫《西厢记》杂剧，明代有李日华《南调西厢记》、陆采《南西厢》，清代有查继祖《续西厢》杂剧、沈谦《翻西厢》传奇，等等，其源头都是《莺莺传》。

宋元小说

　　进入宋元时期，流行于市民阶层的"说话"艺术不断发展，最终使极具市民特征的话本小说流行开来。

　　宋元话本小说的出现，使我国古代小说从内容到形式都更加面向社会，面向大众，也标志着我国古代短篇白话小说走向成熟，从此，形成了文言小说与白话小说双峰对峙、双水分流的局势。

　　我国古代小说史由此呈现出更加错综复杂的境况。更为重要的是，宋元话本小说的繁荣使得文言逐渐转化为白话，这个阶段具有里程碑意义。

"说话"艺术兴起与繁盛

　　唐宋以来，民间广泛流行一种叫作"说话"的表演艺术，说话就是讲说故事。"说话"艺术起源于古代的说唱艺术，我国古代很早就有了说故事和说书的传统。

　　东汉时代的"说书俑"，歪头吐舌，缩肩耸臀，极为生动地显示出，说书艺人讲到紧要关头时手舞足蹈的神态。三国时期，曹植背诵过徘优小说。这种徘优小说融表演与说唱为一体，是说话艺术进一步发展的体现。

　　到了隋代，侯白的《启颜录》里已经用"说话"来专指讲故事了。进入唐代，"说话"已经变成一种专门

的表演艺术，风靡一时，上自宫
廷，下至民间，无不在"说话"。

郭泛《高力士外传》记载：

> 上元元年七月，大上皇
> 移杖西内安置。每日上皇与
> 高公亲看扫除庭院，芟雄草
> 木；讲经、论议、说话，虽
> 不近文律，终冀悦圣情。

这表明唐肃宗时，"说话"已
经从民间进入了宫廷。

诗人元稹在《酬翰林白学士代书一百韵》里有"翰墨题名尽，光
阴听话移"的诗句，这里的"听话"，就是指听说书人讲唱故事。

元稹本人也作了注解说：

> 尝于新昌宅听说《一枝花》话，自寅至巳，犹未毕词也。

"一枝花话"，就是当时民间传说的李娃的故事。除了"《一枝
花》话"外，还有《庐山远公话》《韩擒虎话本》《叶净能话》等唐话
表演，唐朝的说话技艺已发展得相当成熟了。

唐代还盛行一种由当时寺院僧侣向民众进行佛教宣传的"俗
讲"。这种"俗讲"，开始时只是单纯演说经文和佛经故事，后来逐
渐演变，也讲唱一些民间传说和历史故事，如《汉将王陵变》《秋胡变

文》《伍子胥变文》《昭君变》等。

　　"俗讲"与"说话"关系极为密切,唐代"说话"在发展上不仅吸收了"俗讲"的某些形式和技巧,而且在题材内容上也深受影响。

　　进入宋代,随着宋代工商业的发达和城市经济的繁荣,"说话"也出现了空前繁盛的局面。当时城市中出现了许多专门表演各种民间技艺的瓦舍勾栏。

　　北宋时,京城的瓦舍已颇具规模,到南宋时,规模进一步扩大,并向中小城镇发展,构成遍布全国的文化娱乐市场。

　　在瓦舍勾栏上演各种民间技艺,除"说话"外,还有杂剧、傀儡戏、诸宫调等。《东京梦华录》记载,当时的瓦舍勾栏,十分繁闹,游者如云,"不以风雨寒暑,诸棚看人,日日如是"。

　　当时,"说话"是一种重要的技艺,深受人们的喜爱。说话艺人的人数也相当多,据《武林旧事》记载,仅南宋临安城就有说话艺人约百人。

同时，说话艺人之间的分工也越来越细，因内容和形式以及艺人们各自的专长不同，"说话"又分为四大家：小说、说铁骑儿、说经、讲史。

四大家中，以小说、讲史的影响最大，尤以小说家最有影响力。因为小说基本上是取材于城市平民各阶层的生活，它对现实的反映最为直接及时，故事的内容是市民听众熟悉的，且又能真切地反映市民们的思想感情、理想与追求，因此在当时最受欢迎。

在艺术技巧方面，小说家也有超越其他家的优点。《都城纪胜》曾指出，讲史书的"最畏小说人，盖小说者，能以一朝一代故事，顷刻间提破"。

"顷刻间提破"也就是说当场把结局点破，一次性把故事讲完。

《梦粱录》里指出小说具有"捏合"的特点，所谓"捏合"，一是指小说可以把当时的社会新闻同说话的内容融合在一起；二是指虚构编造。

随着说话技艺的日趋繁盛发达，说话艺人渐渐有了自己的职业性的行会组织，如杭州的小说家就成立了自己的行会组织，组织称"雄辩社"。

在行会组织里，说话艺人可以自由地切磋技艺，交流经验，传递信息，以改进和提高自己的演说水平。这样的行会组织，可以从整体上提高宋代说话的水平。

除了说书艺人的行会组织外，当时，还出现了专门编写话本和戏剧脚本的文人组织"书会"。书会的成员都是一些富有才情、文学功底较深的落魄文人，他们在当时被尊称为"书会才人"。

正是这些"书会才人"将原来简略粗陋的单纯的说话底本"改编"为可供阅读的书面文学作品。

宋代"说话"艺术兴盛繁荣，宋末元初小说家罗烨在《醉翁谈录》的记载：

小说纷纷皆有之，须凭实学是根基。

开天辟地通经史，博古明今历传奇。

蕴藏满怀风与雨，吐谈一卷曲和诗。

辩论妖怪精灵话，分别神仙达士机。

涉案枪刀并铁骑，闺情云雨共偷期。

世间多少无穷事，历历总头说细微。

在这里，罗烨从说话的题材内容，到它的艺术特色，都做了一个完整的总结。

虽然，"说话"还不能算是小说，但宋元的市人小说与"说话"却有着直接的、密不可分的关系。"说话"人讲故事的底本叫"话本"，是我国古代白话小说的开端。

这时的白话短篇小说，就是在"说话"底本的基础上经过加工、润色而文学化了的作品，所以"说话"对宋元白话短篇小说的繁荣起到了巨大的作用，是我国古代小说史上的重要一笔。

"说话四家"指的是"小说""讲史""说经"和"合生"四种曲艺表演形式。"小说"家是"说话四家"中艺术技巧最成熟、最兴盛的一家，"小说"家的话本通常称"小说"，都是讲说短篇故事，一次或数次讲完。题材除历史故事、神话传说外，大多取材于当代社会生活，与现实联系比较密切。

"讲史"家话本通常称"平话"，讲史以讲说前代史书文传，朝代更迭，历史战争为主，题材广泛，内容丰富，一般篇幅较长。为了讲述方便，讲史大多根据故事内容的需要进行分卷立目，以示情节发展的段落，后来逐渐演变成章回小说的回目。

"说经"主要讲说佛教经典和人物故事，也包括民间关于参禅悟道题材。"合生"家是"说话四家"中势力最小的一家，大概以讲说当世故事为主，篇幅较短，一般一篇只讲说一个故事。

知识点滴

小说话本结构和题材内容

　　"说话"艺人所用的底本，统称"话本"。话本的创作过程一般有两种情况：

　　一种情况是先有流传的故事，其后整理成话本，说话艺人依据自己所掌握的知识和技巧，仔细揣摩听众的心理，将原来口头流传的故事，重新加工，创作成为动人的说话节目，以后又加以整理而成。

　　另一种情况是为适应说话艺人的说讲需要，由当时的"书会"专门为说话艺人编写的话本，利用当时的新闻、历史故事、民间传说等题材写成的故事梗概，表演时由说话人在此基础上进行想象发挥。

话本的创作都是为了说话人表演或传授之用，实用目的很强。后来随着说话艺术的发展和人们对文化娱乐的需要，以及印刷技术的进步，话本经过进一步的加工润色，逐渐演化成书面的通俗文学。

宋元小说话本结构一般由4个部分组成，即题目、入话、正话和篇尾。

题目是根据正话的故事来确定的，是故事内容的主要标记。

入话，也叫"得胜头回""笑耍头回"，就是在正文之前，先写几首与正文意思相关的诗词或几个小故事，把它作为开篇，以引入正话。"入话"具有让听众静下来、启发听众和聚集听众的作用。

正话，即故事的正文，是小说话本的主要部分。正话在叙述故事时，也不时穿插一些诗词，用来写景、状物，或描写人物的肖像、服饰，它具有渲染气氛、增强效果的作用。

篇尾就是故事的结尾，小说话本一般都有篇尾，篇尾往往用四句或八句诗句为全篇作结，有时也有用词或整齐的韵语作结的。篇尾一般具有相对的独立性，一般是由说话人或者作者出场，总结全篇主旨，或对听众加以劝诫，或对人物、事件进行评论。

小说话本4个部分结构的形成和定型，是"说话"艺术长期发展的结果，标志着小说话本的成熟。

宋元小说话本数量多，据《醉翁谈录》《也是园书目》《宝文堂书目》等记载，约有140多种，主要保存在明代的《清平山堂话本》《京本通俗小说》《熊龙峰四种小说》和《喻世明言》《警世通言》《醒世恒言》等书中。

宋元小说话本题材广泛，内容丰富，有的取材于现实生活，有的从《太平广记》《夷坚志》等书中选取题材，并结合当时的社会生活，融入作者自己丰富的生活经验，加工创造成富有时代气息的小说。

宋元小说话本主要包括了爱情婚姻、诉讼案件、历史故事、英雄传奇、神仙鬼怪等方面的内容。总体来看，描写爱情婚姻和诉讼案件的话本写得最好，数量也最多，代表了宋元小说话本的最高成就。

鼓碎庭盆不再鼓伊
是何人我是谁

讲述爱情婚姻故事的话本写得较好的有《碾玉观音》《闹樊楼多情周胜仙》《快嘴李翠莲记》《志诚张主管》等。

《碾玉观音》写一个发生在咸安王府中的女奴璩秀秀与工匠崔宁的婚姻悲剧故事。作品赞颂了女奴秀秀为争取人身的自由，争取独立自主的婚姻而顽强斗争的精神，具有较深刻较积极的思想意义。

《闹樊楼多情周胜仙》写的是青年女子对自由爱情、自主婚姻执着追求的故事。表现了青年人反抗压迫，热烈追求婚姻幸福的主动精神。

《快嘴李翠莲记》写勤劳能干聪明美丽的青年女子李翠莲，对来自各方面的压迫，以眼还眼，以牙还牙，毫不退让，勇于反抗传统礼教的故事。

这些作品成功地塑造了一系列富有反抗精神的女性

形象，她们的出现，表明宋元小说话本的主角不再是神仙鬼怪，也不再是名士才子，而扩大为普通百姓。

讲述诉讼案件故事的公案小说，涉及社会生活面极为广阔，直接反映了复杂的社会状况，揭露了社会深层次矛盾，同时也热情赞颂了正直豪爽的侠客好汉，代表作品有《错斩崔宁》《简帖和尚》《宋四公大闹禁魂张》等。

《错斩崔宁》写的是一对青年男女因十五贯钱而引起的谋杀冤案，反映了官府听信戏言，不重调查，滥杀无辜，草菅人命。

讲述历史故事的作品写得较好的有《张子房慕道记》《老冯唐直谏汉文帝》《汉李广世号飞将军》等，这些故事多表现英雄贤士的怀才不遇和为官者的贪婪昏庸等。

以英雄传奇故事为题材写得较好的有《史弘肇龙虎君臣会》《郑节使立功神臂弓》等，这些作品多描写英雄人物的传奇经历。

小说话本中还有一些宣扬因果报应和佛教戒律的作品，如《菩萨蛮》《五戒禅师私红莲记》《花灯轿莲女成佛记》等。

这些作品的出现，有其深刻的时代社会的原因，也反映了小说话本在思想内容上的复杂性。

知识点滴

话本一般又可分为两类：一类是说话四家中讲史的底本为讲史话本。自元代开始叫作"平话"。"平话"讲述长篇历史故事，取材于历史，后来发展为章回体的长篇小说；另一类就是篇幅短小的小说话本，常常被称为小说，又称为"短书"。它对我国古代白话短篇小说的发展，有着直接而深远的影响。

明清的白话小说主要就是在宋元话本的基础上发展起来的，如《水浒传》《三国演义》《西游记》都是宋元话本继续发展的产物。

宋元话本大体上可以分为繁本和简本两种类型。繁本是语录式的或经修订加工的底本，语言通俗流畅，接近口语。简本是提纲式的资料，只记下一些故事梗概，往往是从传奇文和笔记小说中摘录下来的。如《清平山堂话本》中的《蓝桥记》就是裴铏《传奇》中《裴航》故事的节要。

现存宋元话本，无论小说还是平话，多数是简本。有些明代所刻选本所收的小说，似经过后人的加工整理，在艺术上比较完整。

小说话本独具的艺术魅力

宋元小说话本是由"说话"这一民间技艺演化而来，因此与普通百姓的生活距离很近，可以说息息相通，再加上小说话本的作者又大多与普通百姓声息相通，这种特点反映在小说话本人物形象、情节结构以及语言风格等方面，就形成了自己风格独具的特色。

《醉翁谈录》曾评价宋元小说话本：一家富有生活气息，又能腾挪想象，谈论古今，如水之流，而且能"使席上风生，不枉教坐间星拱"。

宋元小说话本塑造了一系列栩栩如生、富有时代气息和鲜明个性特征的人物形象。如《碾玉观音》中的璩秀秀；《闹樊楼多情周胜仙》中的周胜仙；《志诚张主管》中的小夫人；《快嘴李翠莲记》中的李翠莲；等等，这些都是塑造得很成功的人物形象，具有鲜明的人物特征。

作者们在塑造这些人物形象时，能够注意结合人物的社会环境和个人经历来刻画人物的性格。

比如，《碾玉观音》中的璩秀秀，她不顾一切地追求爱情和婚姻的自由，并且为此还丢掉了自己的性命。她出身市井，性格大胆泼辣，直爽、坦率，讲求实际。

作品还通过人物的内心活动和人物的言行等的细致刻画来表现人物的性格。如《错斩崔宁》写刘贵醉后戏言，说已将陈二姐典卖他人，陈二姐的内心想的只是：

　　　　不知他卖我与甚色人家？我须先去爹娘家说知。就是他明日有人来要我，寻到我家，也须有个下落。

　　陈二姐的内心活动，实际上极为真切地揭示了她逆来顺受、任人支配和细心善良的性格特征。

　　小说话本还善于用夸张的手法，来突出人物的性格特征。如《宋四公大闹禁魂张》，作者就是用夸张的手法，来刻画宋四公、赵正等的侠盗性格。作者写他们神出鬼没，武艺非凡，以致闹得东京城草木皆兵，王爷大尹们魂飞魄散，这样就突出了侠盗们的勇敢和机智。

对于一些反面人物，作者也常用夸张的手法来刻画他们的性格特性。如《碾玉观音》中咸安郡王的凶狠残暴；《万秀娘仇报山亭儿》中万员外的吝啬刻薄，都是通过夸张的描述，而给人留下了深刻的印象。

小说话本的作者们有时还通过富有戏剧性的对话，表现人物性格的特征。《碾玉观音》中秀秀、崔宁逃出王府后的一段对话，就是一个很好的例子。

在这段对话中，秀秀追求爱情时所表现的主动、泼辣的性格和崔宁的憨厚、怯懦的个性都鲜明地呈现出来。这些不同性格特征又是和他们各自不同的身份、经历相吻合的。

宋元话本故事性强，情节波澜起伏，悬念频生，引人入胜。"话"是讲给人听的，所以它必须达到"竦动听闻"的效果，所以，它一方面要讲述现实生活中的新鲜事，面向现实生活，带着浓郁的生活气息。另一方面，它要以情节的紧张曲折吸引人，吸引人听下去。

小说话本十分注重故事情节的安排，讲究结构完整，线索清楚，剪裁得当。一般说来，小说话本在展叙故事时，都有开端的概括介绍，都有故事情节的发展、高潮和结局，并随时注意情节发展的前后照应，同时也善于使用伏笔，制造悬念，增加情节的曲折性，以取得引人入胜的艺术效果。

如《简帖和尚》的作者以巧妙的布局，一步步写出女主人公杨氏受诬陷、遭休弃、被迫嫁人的经过，达到引人入胜的效果。

小说话本在情节安排上还十分讲究"巧合"，并且通过偶然性的巧合，来加强故事情节的曲折性。当然这种巧合也绝不是荒诞离奇。作品中的"巧"，来源于生活，又经过作者的着意提炼，因此能反映生活的真实，体现客观的规律。

宋元小说话本描写真实、细腻，入情入理。《错斩崔宁》中，陈二姐听了丈夫刘贵的戏言，信以为真，便想"先去爹娘家说知，就是他明日有人来要我，寻到我家，也须有个下落"。

在过去，丈夫要卖小妾，是合法的，做妾的是不能反抗的，这种情况符合当时的实际情况。同时，陈二姐只想让爹娘知道这事，这也是非常符合常理的。

小说话本的语言通俗、生动、明快。宋元说话艺人熟练地运用当时的口语，并加工提炼成一种文学语言，它具有生动活泼、简洁明快、通俗易懂的特点。

如《宋四公大闹禁魂张》中，说张员外有"四大愿望"：一愿衣裳不破，二愿吃食不消，三愿拾得物事，四愿夜梦鬼交。此外，张员外还有这样的毛病：要去那虱子的背上抽筋，鹭鸶的腿上割肉，古佛的脸上剥金，黑豆的皮上刮漆，痰唾留着点灯，捋松浆来炒菜。

作者通过夸张的手法，生动刻画了一个吝啬鬼的形象。这种白话小说的语言，世俗生活气息非常浓郁，表现力极强，易于听众接受。

小说话本还大量运用了概括力极强的俗语、谚语。这些语言充满泥土气息，凝聚着劳动人民的智慧，具有极强的生命力，例如，说求人的难处："将身投虎易，开口告人难。"说金钱万能："火到猪头烂，钱到公事办。"

这些带有特别涵义的俗语、谚语，具有一针见血、言简意赅的作用，既节省了文字，适合短篇小说短小精悍的要求，又能给听众以鲜明深刻的印象和生活经验的启示，真是言简意丰。

知识点滴

宋元话本在我国小说史上有着承前启后的重要作用，其在许多方面，均比唐朝的唐传奇文言小说有新的突破。但是，话本小说和唐传奇小说在发展和继承方面也有着千丝万缕的瓜葛。

据说，宋元有很多话本小说均改编于唐代传奇小说，但是大多数已经散佚。现存的比较完整的由唐传奇小说改编而来的宋元话本小说还有12篇，分别保存在《清平山堂话本》《熊龙峰四种小说》《小说传奇合刊》和明朝冯梦龙"三言"《喻世明言》《警世通言》《醒世恒言》之中。

根据小说情节，这些宋元话本大致属于情爱、神怪、传奇这三类的。之所以出现这三类小说话本，是因为与当时的社会环境背景紧密关联的。

文言小说形成的新特点

　　宋元时期，虽然白话短篇小说兴起和兴盛起来，但传统文言小说也并未因此而停滞，与前代文言小说相比，体现出自己的新特点。

　　宋元时期，文言小说呈现出多样性。不仅有继承唐传奇衣钵的传奇小说，笔记体、志人志怪小说也得以继续和发展，同时又有杂记体小说的存在，更有大型文言小说集的出现，可谓纷繁芜杂，体类多样。

　　宋元传奇小说的总体风格，与唐传奇小说的典丽雅致相比，显得逊色许多，受时代背景和白话小说的影响，宋传奇小说整体呈现俗文化特征。

　　宋传奇小说写得较好的主要有

两类作品。一类是侧重写帝王后妃的事迹，这类作品劝诫讽刺意味浓厚，具有一定的历史价值。

主要是以隋炀帝和唐玄宗这两个帝王为描写对象，写隋炀帝的有《隋遗录》《隋炀帝海山记》《迷楼记》《开河记》等。

这些作品大多是记述隋炀帝开运河，游江都，造迷楼，修西苑的事，揭露了隋炀帝奢侈糜烂的生活，反映了劳动人民遭受的苦难。

写唐玄宗的传奇有《杨太真外传》《骊山记》《温泉记》《梅妃传》等，这些作品或写唐玄宗与杨贵妃豪华奢侈的宫廷生活，或者写杨贵妃与梅妃之间的矛盾纠葛等。

总体上看，这类作品成就不高，多数只是一般的客观叙述，内容庞杂，结构松散，缺乏组织剪裁，缺乏唐传奇小说的典丽雅致。

宋传奇小说另一类作品取材现实，主要描写男女恋情和风尘女子的生活。代表作品有《流红记》《王幼女传》《谭意哥传》《李师师传》等。

宋传奇小说在创作上缺乏创造性，一味模拟唐传奇小说。唐传奇小说面对现实，取材于生活，而宋传奇小说则多数回避现实，主要取材于历史。唐传奇小说注意谋篇布局，提炼加工，而宋传奇小说则显得芜杂，作品冗长不精炼。

除了传奇小说，宋元时期还出现了许多笔记体小说。笔记体小说代表了我国古代小说的初始形态。它的发展也贯穿了古代小说的始末，对其他后起的各类小说体都具有一定的影响。

"笔"最初指的是书写绘图的工具，后有了书写记录的意思；六朝时，论文者将"笔"与"文"并称，"笔"又有了散文的意思；"记"，是记载的意思。如此，"笔记"联用，就是使用散语记录的意思。

笔记体小说具有小说性质，介于随笔和小说之间。笔记体小说多以人物趣闻轶事、民间故事传说为题材，具有写人粗疏、叙事简约、篇幅短小、形式灵活、不拘一格的特点。南朝刘义庆的《世说新语》是最早的笔记体小说。宋元的笔记小说大多直录事实，缺少藻饰。

宋元时期出现了一些模仿刘义庆《世说新语》的作品，被后世称为"世说体"小说。

"世说体"小说具备3个特征：一是体例上"分门隶属事，以类相从"，这是"世说体"小说最根本的特征；二是内容上"依人而述，品第褒贬"，以描写士大夫阶层的理想、思想和审美情趣为重点，对人物进行品评，暗藏褒贬；三是在叙事方法上，篇幅短小，用简短的语言记录士人的逸闻趣事，具有清通简谈、空灵玄远的文体风格。

此外，宋元时期，还出现了

杂记体小说，杂记体小说是介于史记与小说之间的小说。尽管在创作过程中，创作者们尽量地符合历史真相，但仍难免失实，因此为历史学家所不取，而归类于杂记体小说了。

宋元的文言小说虽成就有限，但在整理方面却取得了巨大成就，如始于977年，由李昉等监修的大型类书《太平广记》，收录了汉代至宋初的野史、传记、小说约400种，贡献巨大。

宋元的文言小说同当时的白话小说一样逐渐通俗化，其中宋元的传奇小说就是一个典型代表。宋元的文言小说不断从白话小说中汲取营养，不断消化并归为己用，不断探索和创新，开辟了新的道路，为文言小说在后世能登峰造极奠定了坚实的基础。

知识点滴

宋代传奇小说虽然没有出现像唐传奇小说那样的优秀之作，但就题材的广泛，反映社会生活的真实、全面而言，则远远超过了唐传奇。宋代传奇的作者塑造了众多的女性形象，且为她们打上了明显的时代烙印。宋代传奇中的女性形象大体上有三大类型。

第一类是历史上的后妃、名姬，其中描写杨贵妃的内容最多。此外，还有对汉成帝的皇后赵飞燕和她的妹妹赵合德，作者也着墨颇多，特别是对赵合德的形象塑造得很成功。

第二类是虚幻世界中的异类，包括女妖、女仙、女鬼等。这类题材在宋代传奇中所占的比重很大。

第三类是现实生活世界中的各色女子。这类作品数量也很多，涉及的人物众多，包含各阶层的人物，题材广泛，时代色彩特别鲜明。

明代小说

　　进入明代，小说出现了空前繁荣的局面。从明代开始，小说这种文学形式才充分显示出它的社会作用和文学价值，打破了正统诗文的垄断地位。在文学史上，取得了与唐诗、宋词、元曲相并论的地位。

　　明代小说是在宋元时期的说话艺术的基础上发展起来的。明代文人创作的白话短篇小说称"拟话本"，就是直接模拟学习宋元话本的产物；长篇小说如《三国演义》《水浒传》《西游记》等，亦多由宋元说话中的讲史、说经演化发展而来。

历史演义小说兴起与繁荣

宋元时代，"说话"艺术兴盛，在"说话"四家中，最为发达的是"小说"和"讲史"两家。其中"讲史"是以历史事实为依据，吸收民间传说，讲述历代兴废以及战争等事。

在"讲史"的基础上发展起来的"讲史"话本篇幅较长，通常分节叙述。每节有一个题目，这种形式渐渐发展成章回小说。

章回小说分章回叙述，原来话本的每节，改为章回小说的每章回，章回小说成为我国古代长篇小说的主要形式，其段落整齐，首尾完整。

在章回小说中，历史演义类小说特别发达。这类小说通常是以史实和传说相结合的形式，叙写某一特定历史时期的重大社会政治矛盾与风云人物，最早也是最有影响的历史演义小说是《三国演义》。

在"讲史"话本中，有一个话本叫《三国志平话》。《三国志平话》分上中下3卷，已经初具《三国演义》的规模，具有很高的历史和文学价值。

实际上，三国的故事早在民间广泛流行，宋代时，民间说书中有"三分"的专门科目和专业艺人。

宋代词人苏轼在《志林》记载：

王彭尝云：涂巷中小儿薄劣，其家所厌苦，辄与钱，令聚坐听说古话。至说三国事，闻刘玄德败，颦蹙，有出涕者；闻曹操败，即喜唱快。

这个记载说明当时说三国故事有着很好的艺术效果，而且"拥刘反曹"的倾向已经很鲜明。

在戏曲舞台上，金元时期出现了大量的三国戏。元代文学家陶宗仪《南村辍耕录》记载的金院本有《赤壁鏖兵》《刺董卓》《襄阳会》

等剧目。南戏戏文中有《周小郎月夜戏小乔》《貂蝉女》等剧目。

根据《录鬼簿》《太和正音谱》等记载，可知元杂剧中大约有60种三国戏。这些剧本或取材于史书或取材于《三国志平话》，经过戏曲家的再创作，使人物形象更加鲜明，故事情节更为生动。

元代末年，史学家罗贯中以《三国志平话》为框架，充分利用陈寿的《三国志》和司马光的《资治通鉴》以及其他史料，广泛吸收民间传说中生动的故事情节，淘汰民间故事中荒诞不经的地方，完成了《三国志通俗演义》一书。

《三国志通俗演义》简称《三国演义》，《三国演义》"言不甚深，文不甚俗"，既不像历史著作那样深奥难懂，又不像"讲史"那样"言辞鄙谬"，具有极高的历史价值和文学价值。

《三国演义》描写了184年至280年，共97年的历史。全书120回，可分为三大部分。第一部分从第一回至三十三回，主要写汉末的动乱和群雄并峙，曹操军阀的崛起和壮大。第二部分从三十四回至八十五回，写刘备集团的崛起和壮大，三国鼎立，互相争雄的局面。第三部分从八十六回至一百二十回，写三国的衰落，最终为司马炎所统一，建立西晋王朝。

　　《三国演义》是我国第一部长篇章回体历史演义的小说，是我国历史小说创作的楷模。小说成功地塑造了众多的人物形象。全书共写了1798人，其中主要人物塑造得性格鲜明、形象生动。作者描写人物，善于抓住基本特征，突出某个方面，加以夸张，并用对比、衬托的方法，使人物个性鲜明生动。

　　全书共写大小战争40多次，展现了一幕幕惊心动魄的战争场面。其中尤以官渡之战、赤壁之战、夷陵之战最为出色。对于决定三国兴亡的几次关键性的大战役，作者总是着力描写，并以人物为中心，写出战争的各个方面，如双方的战略战术、地位转化等，写得丰富多彩，千变万化，各具特色，充分体现了战争的复杂性和多样性。

　　《三国演义》的结构既宏伟壮阔而又严密精巧。作品涉及的时间长达百年，人物多至数千，事件错综，头绪纷繁。

　　作者构思宏伟而严密。他以蜀汉为中心，以三国的矛盾斗争为主线，来组织全书的故事情节，既写得曲折多变，而又前后连贯；既有主有从，而又主从密切配合。

　　作品的语言精练畅达，明白如话，可以说雅俗共赏。和过去一些小说粗糙芜杂的语言相比，是一个明显的进步。

　　《三国演义》的成就是

多方面的，既有史料方面的，又有文学方面的既有艺术方面的，也有思想方面的，它对后世小说特别是历史演义小说的影响是巨大而深远的。

继《三国演义》之后，明代中叶余邵鱼编著成《列国志传》一书也属于历史演义小说。《列国志传》共8卷226则，它以时间为经，以国别为纬，叙述了武王伐纣至秦朝统一长达800年的历史。

明末文学家冯梦龙在《列国志传》的基础上，将其改编成《新列国志》。《新列国志》集中写春秋、战国时代，成为东周列国的历史演义。《新列国志》删掉了一些与史实不符的情节，使之更符合史实。

除了这些历史演义小说，明代还有其他一些历史演义小说，如《全汉志传》《南北宋志传》《隋唐两朝志传》《唐书志传通俗演义》等，这些历史演义小说各有其艺术风格和特色，但总体上看，远没有《三国演义》的艺术成就和影响大。

知识点滴

《三国演义》的作者罗贯中生于元末明初，相传，罗贯中14岁时，母亲病故，于是辍学随父亲去苏州、杭州一带做生意。元朝末年，罗贯中在苏州结识文学家施耐庵，遂拜施耐庵为师。

罗贯中是位有多方面艺术才能的作家，一生著作颇丰，主要作品有：剧本《赵太祖龙虎风云会》《忠正孝子连环谏》《三平章死哭蜚虎子》；小说《三国演义》《隋唐两朝志传》《残唐五代史演义》《三遂平妖传》《粉妆楼》《隋唐志传》等，其中《三国演义》的成就最大，影响最广泛。

英雄传奇小说兴起与繁荣

　　章回小说中有一类作品突出描写了各种英雄好汉，形成了一个独特的系列，与历史演义小说中的英雄相比，它们的虚构成分更多一点，这就是英雄传奇小说。

　　历史演义是从"说话"中的讲史发展而来的，而英雄传奇小说是从"说话"中的"小说"发展而来的，虽然不能说全部的英雄传奇小说都来自"说话"中的"小说"，但至少有一大部分英雄传奇小说的源头是"说话"中的"小说"。

进入明代以后，英雄传奇小说日益繁盛。它们大多吸取民间的故事，多写一些草莽英雄，就是写帝王将相，也着重表现他们的英雄事迹。另外，它们也较多表现市井阶层人物的生活，生活气息浓郁。

《水浒传》是一部描写农民起义的章回体长篇小说，是用通俗的语言讲英雄的传奇，是明代成就最高、影响最大的英雄传奇小说。它诞生于元末明初。全书描写北宋末年以宋江为首的108个好汉在梁山泊起义，以及聚义之后接受招安、四处征战的故事。

早从南宋时起，宋江的故事即在北方和南方地区广泛流传，而且成为"说书"艺人喜爱的题材。

《醉翁谈录》记有小说篇目《青面兽》《花和尚》《武行者》，这是说的杨志、鲁智深、武松的故事。

此外，《石头孙立》一篇可能也是水浒故事。这是有关《水浒传》话本的最早记载。

宋末元初的《大宋宣和遗事》所记水浒故事，从杨志卖刀起，经智取生辰纲、宋江杀阎婆惜、九天玄女授天书，直到受招安平方腊止，顺序和《水浒传》基本一致。这时的水浒故事已由许多分散独立的单篇，发展为系统连贯的整体。

元代还出现了一批"水浒戏"，包括元明之际的作品在内，约有30多种。在宋元以来广泛流行的民间故事、话本、戏曲的基础上，元末明初，施耐庵等人编纂成英雄传奇小说《水浒传》。

《水浒传》形象地描绘了农民起义从发生、发展直至失败的全过程，深刻揭示了起义的社会根源，满腔热情地歌颂了起义英雄的反抗斗争和他们的社会理想，也具体揭示了起义失败的内在历史原因。

英雄传奇就是塑造传奇式的英雄，《水浒传》是英雄传奇小说的典范之作，它成功地塑造了神态各异的英雄群像，书中共出现数百之多的人物，每个人物都个性鲜明。明末清初文学家金圣叹曾评论道：

叙一百八人，人有其性情，人有其气质，人有其形状，人有其声口。

作者在刻画人物上，往往在人物第一次出场时，首先通过肖像描写，展示人物独具的性格特征。如第三回提辖鲁达第一次出场时，通过史进的眼睛看见：他是个军官模样，"生得面圆耳大，鼻直口方，腮边一部络腮胡须，身长八尺，腰阔十围"。只几笔就揭示出鲁达这个粗莽正直的英雄性格。

《水浒传》注重场面和细节描写，众多曲折动人的情节，尖锐激烈的矛盾冲突，往往通过一个个场面展开、一个个细节描写、一步步地推向高潮。

《水浒传》的结构是纵横交错的复式结构。梁山起义的发生发展和失败的全过程纵贯全篇，其间连缀着一个一个相对独立自成整体的主要人物的故事。这些故事自身在结构上既纵横开阖，各尽特色，又是整个水浒故事的有机组成部分。

《水浒传》的这种独具特色的结构，是民间艺人"说话"特色的具体表现。与之相辅相成的是《水浒传》的语言，《水浒传》的语言在群众口语基础上经过加工提炼，保存了群众口语的优点，具有洗练、明快、生动、色彩浓烈、造型力强的特色。

《水浒传》创造了英雄传奇小说的体式，对后代小说的创作产生了重大影响。《说唐演义全传》《杨家将》《说岳全传》等作品都是沿着它所开辟的创作道路发展的。另外，《水浒传》对其他艺术形式，如戏曲、曲艺、绘画等都有很大影响。

明代英雄传奇小说除了《水浒传》外，较有影响的还有《水浒传》的续书、《杨家将》系列小说等。《水浒传》的续书最主要的有3部，即《水浒后传》《后水浒传》和《结水浒传》。

《水浒传》的续书都不满意《水浒传》的结局，它们围绕着梁山泊英雄的结局各抒胸臆，续成新篇，体现了作者各不相同的思想感情。这三部续书在艺术上有所创新，不是粗制滥造之品。

《杨家将》是系统小说，包括《杨家府演义》《说呼全传》《北宋志传》《五虎平西前传》《五虎平南后传》《万花楼杨包狄演义》等。因为这些小说都从杨家将故事派生演绎出来，都以北宋时期的边境战争为题材，因此都可以看作是一个系统的小说。

《杨家将》中，《杨家府演义》反映的时间跨度最长，从宋太祖赵匡胤登基写起，直到宋神宗赵顼时止，约有100多年的历史。作品歌颂了杨继业子孙五代为保卫边疆，前仆后继、英勇杀敌的爱国精神。

《水浒传》的作者历来争论不休，有以下几种说法：一、作者是施耐庵，而书名却是罗贯中所起。二、全书是施耐庵一人所著。三、此书是由施耐庵和罗贯中共同写的。

最流行的说法是第一种，即作者是施耐庵，施耐庵由于厌恶尔虞我诈的官场，仅供职两年，便辞官回到老家。回家后他一面教书，一面写《江湖豪客传》。书终于写完了，施耐庵对书中的情节都很满意，只是觉得书名欠佳。当时还是施耐庵的学生罗贯中建议将书名改为《水浒传》。

施耐庵一听，高兴得连声说："好，好！这个书名太好了！'水浒'，即水边的意思，有'在野'的含义，且合《诗经》里'古公亶父，来朝走马，率西水浒，至于岐下'的典故，妙哉！"于是将《江湖豪客传》正式改名为《水浒传》。

知识点滴

神魔小说代表《西游记》

  所谓神魔小说，就是以各种神仙道佛、妖魔鬼怪为描写对象的白话章回小说。先秦时期的上古神话是神魔小说的雏形。历经多年的发展，神魔小说在进入明朝以后，发展迅速，极为兴盛。

  从文学的角度看，神魔小说的产生与发展受多种因素影响，首先，原始宗教的种种观念与形态深深地渗入神话之中，成为神话创作的心理基础。另外，原始宗教的幻想作为人类幻想的一部分，大大丰富了神话的幻想和想象。

秦汉时期，在道教思想上产生的神仙故事传说，给神魔小说的作者进行创造性的想象以充分的启示，并且提供了丰富的材料。

有些神魔小说还部分地继承了宋元志怪小说的传统，具有一定的历史烙印。神魔小说的题材类型，则是继承宋元"说话"的传统，特别是受"说经""小说"中灵怪类以及"讲史"的影响。

神魔小说虽然题材类型方面多种多样，但有一个共同点，那就是都充满了浪漫主义。先秦时期的上古神话是浪漫主义的源头，之后《庄子》《离骚》都继承了浪漫主义传统。

明清两代的神魔小说也是沿着这条道路，从现实出发向古代人物、向神话世界、向幻想世界开拓，从而在小说中展现出广阔的描写空间，具有非凡的形象体系，充满了丰富的象征意味。

在众多的神魔小说中，《西游记》是最杰出的代表，是集大成者。这部神魔小说描写了唐代高僧唐僧率领徒弟孙悟空、猪八戒及沙和尚去西天取经，历经九九八十一难的故事。

《西游记》成书于明中期，故事是有其历史原型的，它取材于玄奘游学取经的故事。玄奘游学取经的经历记录在《大唐西域记》，大体意思：

612年，玄奘13岁，破格以沙弥身份录入僧籍，居净土寺。隋朝末期，玄奘跟着哥哥来到长安，随后又来到蜀都。

622年，23岁的玄奘与商人结伴，经三峡来到荆州，后又北转相州和赵州，足迹及于半个中国。沿途讲经求学，探索不止，最后来到唐都城长安。

629年，30岁的玄奘出长安西去游学，在高昌王和突厥叶护可汗的大力赞助下，玄奘艰难地通过了中亚地区，进入北印度境，渡印度河，经呾又始罗，至迦湿弥罗，在这里参学两年。随后来到磔迦国、那仆底国……

633年，来到达王舍城，入那烂陀寺讲经求学。638年，玄奘离开那烂陀寺，继续游学东印、南印和西印诸国。642年，43岁，再回那烂陀寺。

645年，已经46岁的玄奘回到了唐都城长安。这段游学历时17年，游历了多个国家，带回几百本有价值的经书，后辑录成《大唐西域记》12卷。

玄奘逝世后，他的两名弟子慧立、彦悰将玄奘的生平以及西行经历又编纂成一本《大慈恩寺三藏法师传》，为了弘扬师傅的业绩，在书中进行了一些神化玄奘的描写，这是《西游记》神话故事的开端。

此后玄奘取经故事在社会上不断流传，神异的色彩越来越浓厚。最终越来越神化的玄奘游学取经的故事在明代文学家吴承恩的笔下变成了神魔小说《西游记》。

这部神魔巨著向人们展示了一个绚丽多彩的神魔世界，在多方面都取得了巨大的艺术成就。

《西游记》艺术想象奇特、丰富、大胆。孙悟空活动的世界，有光怪陆离的天上神国，有幽雅宁静的佛祖圣境，有阴森可怕、鬼哭狼嚎的阴司冥府，有碧波银浪翻滚，瑶草奇花不谢的洞天福地，也有富丽辉煌水晶般龙宫……总之，真是千奇百怪，丰富多彩。

作品富有浪漫主义，其丰富浪漫的幻想，并不是天马行空，而是源于现实生活，并在奇幻的描写中折射出世态人情。

如《西游记》的人物、情节、场面，乃至所用的法宝、武器，都极尽幻化之能事，但却都是凝聚着现实生活的体验而来，都能在奇幻中透出生活气息，折射出世态人情，这样容易让人理解和接受。

除了奇异的想象，《西游记》还具有巨大的趣味性。虽然取经路上尽是险山恶水，妖精魔怪层出不穷，充满刀光剑影，师徒四人的胜利也来之不易，但总是轻松的，充满愉悦，紧张感是有的，但没有沉重感。这就得益于作品营造的趣味性。

作品的语言也十分有特色，作者通过夸张、幻想、变形、象征等手法，开拓出一个变幻奇诡、光怪陆离的艺术境界。

作品中人物的对话幽默诙谐，趣味横生，十分符合人物形象和人物性格的塑造，孙悟空的语言总是那么简洁、明朗、痛快，充满豪爽而又快乐的情绪，而猪八戒的语言总是趣味横生，处处都表现出他那呆头呆脑却又自作聪明的性格特征。

《西游记》开拓了神魔小说的新领域，它以完美的艺术表现，使神魔小说这一小说品种趋于成熟，进而确立了神魔小说在长篇小说中的独立地位。《西游记》对后世的影响是巨大的，在它的启迪下，明清两代涌现出了一大批神魔小说，而且，其故事还被搬上了戏曲舞台，久演不衰。

知识点滴

《西游记》的作者吴承恩出身于一个世代书香而败落为小商人的家庭。他自幼聪慧，喜好搜集奇闻异事。他曾经希望以科举博取功名，然后屡试不第，直到1550年，才补为岁贡生，曾是南京国子监的太学生，后担任了长兴县丞这一小官，晚年归居乡里，贫老而终。坎坷的人生遭遇，使吴承恩对现实有着深刻的认识；丰富的宗教知识，使他对人生有着哲理的参悟；好奇的读书趣味，使他对艺术有着独特的追求；而和善的性格，又使他对理想有着乐观的向往，这些多重因素使他在写出了《二郎搜山图歌》愤世嫉俗的诗篇的同时，又创作出《西游记》这部神奇浪漫的神魔巨著。

《封神演义》及神魔小说

在《西游记》之后，还有一部神魔小说广为流传，很受人们的欢迎，这就是长篇章回小说《封神演义》。

《封神演义》的原型最早可追溯至南宋的《武王伐纣白话文》，

同时参考了《商周演义》《昆仑八仙东游记》，以姜子牙辅佐周文王、周武王讨伐商纣的历史为背景，描写了阐教、截教诸仙斗智斗勇、破阵斩将封神的故事。

《封神演义》约成书于明穆宗隆庆至明神宗万历年间，是民间创作和文人加工相结合的产物。《楚辞·天问》《诗·大雅·大明》《淮南子·览冥训》《新书·连语》等很多书籍都记载了"武王伐纣"的故事，可见，"武王伐纣"的故事在民间流行甚广。

到了元代，说书艺人汇集了民间的传说、文人的记载，编成了一部讲史的话本，这就是《武王伐纣平话》，这也是第一次从小说的角度比较完整地阐述了这段故事。

全书篇幅巨大、幻想奇特。故事从女娲降香开书开始，到周武王姬发封列国诸侯结束。其中的哪吒闹海、姜子牙下山、文王访贤、三抢封神榜、众仙斗阵斗法等情节，展现了丰富的想象力。

作品在进行环境描写时，突破了堆砌辞藻的韵语程式，用清新流畅的散文笔调、富有感情的艺术眼光，写出了不重复的自然环境，同时又交融着人物的感情，富有意境。

小说的很多情节叙述得相当曲折生动，如哪吒闹海情节，叙述起来层次分明，高潮迭起，同时也表现出哪吒由天真顽皮到勇武狠斗的性格发展过程。另外，如黄飞虎反出朝歌、广成子三谒碧游宫，等等，也有复杂细致的描写。

除了《封神演义》外，在《西游记》的思想、艺术的启发和感染下，一批《西游记》的续书得以涌现，主要包括《后西游记》《续西游记》《西游补》《天女散花》等。其中《续西游记》100回，是明人编纂。书的内容是写唐僧师徒在西天取到真经以后，保护经卷送回长安的经历。

由于据说经卷能消灾去祸，增福延寿，因此妖魔都想得到"真经"。为了保护经卷，佛祖特命灵虚子与比丘僧暗中护送。虽然这个故事依然属于虚幻故事，描述也自然属于空中楼阁，但是也有一点事实依据。既然取得了真经，必然有去有回，来路变成了归路。有去时的艰险，必然也有回来时的磨难。作者在写这个故事时，也下了一番苦心，充分发挥了艺术的想象。

《西游补》16回，作于1640年，叙述唐僧师徒离开火焰山后，孙悟空化斋被情妖鲭鱼精所迷，渐入梦境，当了半日阎罗天子，曾用酷刑审问秦桧。后在虚空主人的呼唤下，醒悟过来，回到师父身边，继续西行。

　　初看起来，《西游补》很像《西游记》中的一难，实际上是节外生枝，自成格局。全书16回，有14回半在写孙悟空的梦境，而梦中的行者与《西游记》中的行者并不合拍，这是作者有意铺叙，精心构造的"鲭鱼世界"。作品情节荒诞，文笔诙谐，对晚明社会的世情世相做了深刻的批判和讽刺，具有很高的思想价值。在所有《西游记》续书中，《西游补》最有特色，成就最高。除了《封神演义》和《西游记》外，明代神魔小说还有《平妖传》《东游记》《南游记》《北游记》《三宝太监西洋》等。

　　《平妖传》是我国小说史上第一部长篇神魔小说，可谓神魔小说这一影响巨大的小说流派的先声。小说讲述的中心事件，是宋代的王则起义，作者罗贯中根据历史事实的民间传说以及市井流传的话本进行整理，编成《三遂平妖传》。

到了明万历年间，通俗文学家冯梦龙从长安城购得罗贯中的20回本，亲自改编增补，广泛吸收民间的妖异故事，以丰富小说的内容，编成《新平妖传》。

《新平妖传》多写人间妖异事件，少谈方外神仙鬼怪。在书中看到的不是天宫地府，而是活生生的社会，从中可以了解到许多元明时代的风俗人情。

《东游记》又名《上洞八仙传》，二卷五十八回，是写铁拐李、汉钟离、吕洞宾、蓝采和、何仙姑、韩湘子、曹国舅等八仙的故事。小说结构粗疏，各回长短不齐，短的不足500字，长的约3000多字。

《南游记》和《北游记》均是明晚期书商余象斗所编。《南游记》又名《五显灵官大帝华光天王传》，四卷十八回，讲述的是佛门弟子华光的奇妙故事。《北游记》又名《北方真武玄天上帝出身志传》，四卷二十四回，讲述的是天上玉帝投胎转世，历尽风波，累世修行，终成正果的故事。

《三宝太监西洋》又名《三宝开港西洋记》《三宝太监西洋记通俗演义》，简称《西洋记》。《三宝太监西洋》的原型是明代永乐年间宦官郑和七次奉命下"西洋"的史实。作者将其描绘成神魔小说，希望借此激励明代君臣勇于抗击倭寇，重振国威。

知识点滴

对于《封神演义》的作者有三种说法：

第一种说法是据明舒载阳刻本《封神演义》卷二题署"钟山逸叟许仲琳编辑"， 可推知，此书原本为明朝小说家许仲琳撰写。

第二种说法是据清籍《传奇汇考》卷七"《顺天时》传奇解题"道《封神传》传系元时道长陆长庚所作。这里"元时"，是"明时"的误写。

第三种说法是清梁章钜《归田琐记》卷七"封神传"中道昔有士人罄家所有，嫁其长女者，次女有怨色，士人慰曰："无忧贫也"……演为《封神演义》，以稿授女。梁章钜称"士人"是"前明一名宿"。

在这三种说法中，前两种说法影响较大，一般刊印《封神演义》还是署名为明人许仲琳，但不能据此否决作者为陆长庚之说。

白话短篇小说的典范之作

宋元小说话本凭借其通俗流畅的特点，受到广大市民的欢迎，话本小说的影响由此更为扩大。进入明朝，明代的一些文人对流行于民间的宋元话本进行搜集、整理、加工出版，刊行于世。

此外，还有不少文人模拟话本的形式进行创作，创造出许多新的话本小说，时称"拟话本"。各类"拟话本"的不断涌现，使白话短篇小说又进入了一个新的繁荣时期。

在众多的明代白话短篇小说中，成就最高、影响最大当属冯梦龙的"三言"和凌濛初的"二拍"。特别是"三言"的艺术成绩最高，达到了古代白话短篇小说的最高峰。

"三言"是短篇小说集《喻世明言》《警世通言》《醒世恒言》的总称，每集收录短篇小说40篇，共120篇。其中多数是经过作者润色的宋元明话本和明代文人的拟话本，而作者自己创作的作品较少。

"二拍"指《初刻拍案惊奇》和《二刻拍案惊奇》。《初刻拍案惊奇》共40卷40个短篇小说。《二刻拍案惊奇》也是40卷。与"三言"不同的是，"二拍"大部分的作品都是作者自己创作的。

"三言"的作者冯梦龙，字犹龙，江苏省苏州人，出身士大夫家庭。他的哥哥梦桂擅长画画。他的弟弟梦熊，太学生，擅长写诗，兄弟三人并称"吴下三冯"。

"二拍"的作者凌濛初与冯梦龙生活在同一时代，凌蒙初，字玄房，号初成，浙江吴兴人。18岁补廪膳生，后科场一直不如意。55岁时，以优贡授上海县丞。凌濛初一生著述甚多，而以"二拍"最有名。

"三言"题材众多，内容广泛，其内容主题有反映爱情婚姻的，有痛斥腐败官吏的，还有谴责忘恩负义、以怨报德的，还有描写市井百姓和商人生活的，总之，形形色色，包罗万象。

"三言"中的一些爱情小说，敢于大胆冲破封建礼教的樊篱，表现出新的观点。它不仅反对封建婚姻制度和婚姻观念，更提倡爱情专一，一夫一妻，极度痛斥那些喜新厌旧、嫌贫爱富的人。

"二拍"是"三言"之后最有代表性的白话短篇小说，主要是根据"古今杂碎事"加工创作而成，故事大都有来源，但在原书中仅是旧闻片断，凌濛初则对这些素材进行生发改造，写成了富有时代气息的生动的故事。

"二拍"里面也有众多反映爱情婚姻主题的内容，也提出了和"三言"类似的新的爱情观念，如对封建婚姻中男女关系的不平等提出异议，要求男女平等，另外，还高度赞扬了为争取人格的尊严而进行的不屈不挠的斗争。

"三言""二拍"对土豪劣绅仗势欺人、横行霸道的行为进行了无情的揭露和鞭挞。小说的结尾往往是罪恶之人得到了惩处，善良得到了彰显，这表明了人们惩恶扬善的美好愿望。

"三言""二拍"是由宋元小说话本直接发展而来，因此在艺术上保留了不少小说话本的特色，如叙述方式、结构体制、语言的运用和提炼等，都继承了小说话本的优良传统。

"三言""二拍"在艺术上又有很多新的发展，如在人物性格、形象塑造方面取得了新的进步。在突显人物性格时，善于在典型环境中塑造典型人物，按照人物的性格安排设计故事冲突。

同时，在细节描写上，一针一线、一丝一毫都不松懈，可谓细致入微，使人物形象变得立体丰满，有血有肉。

"三言"和"二拍"比起话本，篇幅大大加长了，主题思想更为集中鲜明，作品结构更为严谨，故事情节更为曲折动人，引人入胜。

在语言方面，"三言"和"二拍"的语言更加通俗流畅，含蓄生动。"二拍"中的作品，多是由凌濛初加工、润色、改变、扩大，由数十字而变成了数千字的结构完整的小说的，所以"二拍"的语言独创色彩较浓厚。

"三言"和"二拍"还善于通过心理描写，细致入微地刻画出人物复杂的内心世界。

宋元白话小说也有着较为到位的心理描写，但动态有余而静态不足，"三言"和"二拍"则弥补了这个不足，人物形象更富有立体的质感。

除了"三言"和"二拍"之外，明代还有许多白话短篇小说，它们也取得了一定程度上的突破，对明代白话短篇小说的全面繁荣起到了重要的作用，书写出白话短篇小说的辉煌篇章。

知识点滴

"三言"的作者冯梦龙是个多才多艺的大家，他毕生从事戏曲、民歌和白话小说等通俗文学的搜集、整理、创作和编辑工作，著作丰富，涉及通俗文学的各个方面。在小说方面，除"三言"外，还增补和改编了长篇小说《平妖传》《新列国志》等。选编了以男女之情的故事为主要内容的文言笔记小说集《情史类略》。

冯梦龙创作的戏曲作品有《双雄记》《万事足》两种，还改编了别人剧本8种，合称《墨憨斋新曲十种》。刊行的民歌集有《桂枝儿》《山歌》两种，还编印有《古今谭概》。

在众多的著作中，以"三言"的影响最大，他不仅对小说话本的传播起了重要的作用，而且直接推动了拟话本的创作。

清代小说

　　继明代之后，小说在清代又迎来了一个创作和传播的高峰时代。清代是我国古典小说盛极而衰并向近代小说、现代小说转变的时期。清代小说反映了广阔的生活面，样式丰富多彩，具有"千帆竞秀"的艺术特点。清代雍正、乾隆时期，以《儒林外史》为代表的古代讽刺小说问世。

讽刺小说的发展及辉煌成就

　　讽刺是一种常见的艺术手法，在任何题材的小说中都可以运用。先秦文学的《诗经》中有怨刺诗，诸子著作中的寓意散文，就是以暴露一切丑恶腐朽的想象为其主要特征的，其中有对统治阶级的讽刺，有对新兴士阶层的讽刺，还有很多对一般人情世态的讽刺。

　　到了汉魏，在散文中，有很多精彩的讽刺之作，如贾谊的《新书》、刘向的《说苑》《新序》、王充的《论衡》等。

　　唐代是古代讽刺艺术成熟的时期，出现了很多优秀的讽刺作品，讽刺大家韩愈、柳宗元以富有创新的批评精神，创作了许多不朽的讽刺作品。晚唐作家罗隐的《谗书》几乎全部是抗争与愤激之谈。

宋元时期，讽刺艺术则在散曲及戏剧文学中得到了新的开拓和发展。明朝时期，讽刺散文都是有感而作，嘲讽中暗藏着人生的哲理，斥责里蕴含着同情。小说方面，诸如《西游记》《西游记补》《金瓶梅》里也蕴含着对世态人情的讥讽。

在清代，出现了一些以讽刺为基本特色的章回小说。讽刺小说可分为3类：

一类是魔幻化的讽刺小说，作品有《斩鬼传》《平鬼传》《何典》等。这类讽刺小说用怪诞的手法描绘现实中并不存在的鬼怪神妖，在诙谐的描写中表现了严肃的主题。

第二类是写实性的讽刺小说，这类讽刺小说是讽刺小说中的主流，代表作品为《儒林外史》。这类讽刺小说继承和发扬了我国文学中现实主义创作精神，把讽刺艺术发挥到了极致。

第三类是讽喻式讽刺小说，代表作品为《镜花缘》。

《儒林外史》是讽刺小说中最杰出的代表。《儒林外史》的作者吴敬梓，字敏轩，一字粒民，号文木老人，安徽全椒人。他出身于官僚地主家庭，祖上不少人在科举考试中曾取得显赫的功名。但至吴敬梓时，家境日渐衰微。

吴敬梓14岁时跟随父亲到赣榆县教谕任所，生活动荡不安。到了23岁时，由于父亲的正直丢官，抑郁而死，他开始窥见官场斗争的现实。在经历了科考一系列打击后，对黑暗落后的科举制度彻底绝望，从此决心在困厄中著书，《儒林外史》就是在这种情况下酝酿创作出来的。

《儒林外史》共56回，40多万字，以封建士大夫的生活和精神状态为中心，但没有贯串全书的主人公和主干情节。

作品一开始就把批判的锋芒指向了八股取士制度，通过理想人物王冕之口指责八股取士"这个法确定得不好，将来读书人既有此一条荣身之路，把那文行出处都看得轻了"。

在这样的思想指导下，作者从揭露科举制度以及在这个制度奴役下的士人丑恶卑微的灵魂入手，进而讽刺了封建官吏的昏聩无能，地主豪绅的贪吝刻薄，附庸风雅的名士的虚伪恶劣，乃至社会风气的败坏和道德人生的堕落。

《儒林外史》秉承着高度的写实创作精神，它的讽刺对象是写实的。作者一方面写出讽刺对象丰富的外在性格特征，另一方面又挖掘出他们深广的内心世界。

《儒林外史》的讽刺描写是真实的。它从平淡和寻常的生活现象中显示讽刺锋芒的写实艺术。《儒林外史》中许多浓厚讽刺意味的场面、细节，好像是运用了夸张的手法，其实仍是写实。

《儒林外史》有着高超的讽刺艺术，它通过精确的白描，写出"常见""公然""不以为奇"的人事的矛盾、不和谐，显示其蕴含的意义。它通过对不和谐的人和事进行婉曲而又锋利的讽刺。

总体上看，《儒林外史》的讽刺描写，一切都显得那么平淡、琐碎，又都是那么地愚昧、可笑，没有外在形式上的神秘、混乱、荒唐，然而却深刻地表现了人的内在精神的萎缩。

《儒林外史》的语言，是在南方民间口语的基础上提炼加工而成的。为了适应书中人物的身份，也融合了不少文言成分和不同职业的行话。作者的叙述语言很少夸饰、形容，朴素而又不失雅正幽默，对构成它特有的讽刺风格，有很大作用。

　　《儒林外史》的艺术结构，在章回小说中也很特殊，它没有贯串始终的主要人物和情节，而是由许多分散的人物和自成段落的故事前后衔接而成，虽然不够集中，却便于自由灵活地展开广阔的生活面，使各个阶层的众多人物与形形色色的社会现象纷至沓来，如波翻浪涌，层层推进。

　　那些相对独立的段落，虽只是生活片断，但经作者精雕细刻，很容易显示人物的思想性格，并激发读者的联想，收到略小存大、举重明轻的艺术效果。

　　而且，书中许多人物和故事之间，尽管缺乏紧密的联系，却也不是杂乱无章地拼凑起来的，而是根据一个明确的主题思想，做了精心的选择和恰当的安排，体现着严密的思想逻辑。

　　作者综合短篇小说和长篇小说的某些特点，创造出一种崭新的结构形式，很适合表现本书特定内容的需要。

　　《儒林外史》是一部具有开创性的杰作，是一座讽刺小说的高峰，对后代的小说创作有着深远的影响。比如，它的内容为晚清谴责小说所吸取，它的形式也为谴责小说所借鉴。

　　《儒林外史》以后，比较著名的讽刺小说有李汝珍的《镜花缘》。这是一部充满幻想色彩的长篇小说，内容广泛而驳杂，但给人印象深刻的还是那些对丑恶现实的讽刺。

　　作者以幻化和夸张的形式，凸显荒谬与丑恶的本质。如"白民国"的八股先生装腔作势，念书时却白字连篇；"淑士国"的各色人等都儒巾素服，举止斯文，却又斤斤计较，十分吝啬，充满酸腐气。

　　作品中，"两面国"的人有两副面孔，是对势利和奸诈者的揭露；"长臂国"的人贪得无厌，到处"伸手"，久而久之，徒然把臂弄得很长；"翼民国"的人"爱戴高帽子"，天天满头尽是高帽子，所以渐渐把头弄长，竟至身长五尺，头长也是五尺；还有"豕啄国""毛民国""穿胸国""犬封国"等，无不极尽讽刺挖苦之能事。

这些幻想，大都出自《山海经》等古籍，但《山海经》等书对这些国度的记载，极其简略，有的甚至只有一两句话。

《镜花缘》以此为由头，生发出去，铺排开来，表现了作者巧妙的构思和惊人的想象力。而这种漫画化的描写，也是《镜花缘》对讽刺文学手法的丰富和发展。

除了《镜花缘》外，张南生的《何典》也是一部很别致的讽刺性章回小说。该书以滑稽幽默、口无遮拦的吴方言，虚构了一部鬼话连篇的鬼世界的鬼故事，通过鬼的故事来讽刺人间的现实。

知识点滴

吴敬梓广泛涉猎群经诸史，尤其对《诗经》《史记》《汉书》的研究有着独特的见解，曾著有《诗说》数万言及未成书的《史记纪疑》。另外，吴敬梓也善于写诗赋辞章，他的好友程晋芳的《文木先生传》评道："诗赋援笔而成，凤构者莫之为胜。"

江宁黄河的《儒林外史序》记载："其诗如出水芙蓉，娟秀欲滴。"吴湘皋的《儒林外史序》评道："敏轩以名家子好学诗古文辞杂体以名于世。凡有所作，必曲折深入，横发截出……"

从吴敬梓的《金陵景物图诗》和《移家赋》可以看出他的文心诗思，这些深厚的文学基础为《儒林外史》的创作打下了坚实的文学基础。

武侠公案小说发展及成果

武侠与公案小说，在我国小说史上是独立发展而关系密切的两个流派。清中叶以后，逐渐合在一起，成为武侠公案小说。

武侠小说以豪侠仗义行侠为主要内容，歌颂重义尚武、扶困济危的侠客。汉代《史记》中的《刺客列传》《游侠列传》是较早的武侠小说。唐代武侠题材的传奇很多，如《虬髯客传》《红线》《昆仑奴》《聂隐娘》等都属此类。

宋元话本中的"朴刀""杆棒"和部分"说公案"类的作品也属于武侠小说的范畴，如《宋四公大闹禁魂张》《杨温拦路虎传》等。

在章回小说大行其道的明代，武侠小说却并不发达，仅在《水浒传》等英雄传奇中含有武侠成分。

清代期初，武侠小说还没有流行起来，只有在进入清代中叶以后，武侠小说才真正成熟并流行起来，二如亭主人的《绿牡丹》就是其中比较优秀的一部。它以江湖侠女花碧莲和将门之后骆宏勋的婚姻为线索，描写了鲍自安、花振芳等一群有胆有识、正气凛然的绿林好汉形象。

贯穿鲍自安、花振芳等人行动的信条是为友尽义，为民解危。他们具有浓厚的民间色彩，深受普通群众喜爱。虽然此书成书不久便屡遭禁毁，但其故事仍广泛流传，并被编成多种剧本上演，经久不衰。

公案小说主要描写清官断案的故事，歌颂刚正不阿、清明廉洁、执法如山、为民申冤的清官。先秦诸子书中就有一些有关司法寓言的故事，在两汉史传文学中也有有关于"循吏"和"酷吏"的记载，也包含公案小说的因素。

魏晋志怪和唐代传奇中，已有公案小说。宋元时期，是公案小说的转折期。当时的说话艺术中，就包括"说公案"一类。如《错斩崔宁》《简帖和尚》等都是公案小说。

这些作品通常以叙述冤案的发生经过为主，对含冤受屈者的不幸命运寄予深厚的同情。作品中的清官判案，往往有一个使案情大白的结尾。作品的视角集中在受害者身上，而不在于歌颂清官的明断。

五代以来，还有一类公案书很流行，如《疑狱集》《折狱龟鉴》《名公书判清明集》等，它们主要目的是收录一些著名官吏明敏断案、平反冤狱的记载和有关判词，供为官判案时参考。

宋元公案小说也有承袭这种形式，专述官吏断案及判词巧妙、诙谐的，如《醉翁谈录》所载《私情公案》和《花判公案》即属此类。

明代万历年间至明末出现了一大批公案小说，如《百家公案》《廉明公案》《诸司公案》《新民公案》《龙图公案》《海刚峰先生居官公案》等，也是沿着这条线索发展下来的。

　　它们大多先叙案情，再记诉状，后录判词。案件内容大多是民间民事案件，如奸淫盗窃等。结构上虽有以章回小说形式出现的，实际上多为短篇故事集。

　　公案小说中影响最大的是《龙图公案》，现存清代初期刊本，叙述宋朝龙图阁直学士、开封府知府包拯断案的故事。共有百则，两则为一组，而其实互不相关，它们从不同角度塑造了正直无私、断狱如神的包公形象。情节往往比较曲折，语言文白相间，通俗浅近。

　　清代著名说书艺人石玉昆在《龙图公案》基础上，讲说包公断案故事，极受欢迎，所述内容被整理为《龙图耳录》。以后，又有人对此重行编订，改名为《三侠五义》。

　　《三侠五义》前半部以众侠义辅佐包公办案为主要内容，后半部以众侠义辅佐颜查散巡按襄阳为主要内容，是公案小说与武侠小说合流的代表作。

　　书中包拯被塑造成一个铁面无私、廉洁公正的"青天大老爷"。他不辞辛劳，不畏权贵，秉正除奸，深得万民感仰、圣上信赖。

　　小说还描写了一群武艺奇绝、神出鬼没的侠客的形象。最突出的是南侠展昭和锦毛鼠白玉堂，两人都身负绝世惊人之技，具有行侠仗义之心。全书以展、白二人贯穿首尾，在对比之中刻画人物，将二人形象栩栩如生地勾勒出来。

　　因《三侠五义》由说唱底本整理而来，在艺术风格上保留了平话特点。情节安排既错落有致、枝节横生，又清晰连贯、首尾完整。作品以第三人称铺叙为主，又时时以说书人的口吻点拨几句，或状物叙事，或剖情析理，直接与读者交流，使读者恍在书场听讲，印象格外深刻。

　　清代中叶以后，公案小说与武侠小说合流已成趋势。除《三侠五义》以外，影响较大的还有《施公案》《彭公案》等，这些作品规模都很大，而且一续再续。此后，公案方面的内容减弱，而武侠小说则至今层出不穷，蔚为大观。

　　《施公案》成书于晚清。以施仕纶为原型，施仕纶，字文贤，清汉军镶黄旗人，曾任泰州、江宁知府、漕运总督等官。

民间广泛流传施仕纶为民伸冤、平反冤狱的故事。这些故事后经人加工整理而成此书。书中大小十余案，大都靠托梦显灵、鬼神鉴察来解决，灵怪色彩浓郁。

《彭公案》20卷100回，清代光绪时期刊本。彭公，是清代康熙年间的清官之一。《彭公案》以康熙年间彭朋出任三河县令、升绍兴知府、授兵部尚书查办不同事务为线索，叙述李七侯、杨香武等一班侠客协助他惩恶诛奸的故事。

《龙图公案》中的主角是北宋清官包拯。包拯做官以断狱英明刚直而著称于世。他为人刚直，既不两面三刀，更不会搞阴谋。他从不趋炎附势，看颜色行事，更不说大话、假话。即使是在皇帝面前，他也是直言不讳，不怕冒犯皇帝。

包拯的无私远近闻名，即使是自己的亲戚犯了法，他也是执法如山。包拯刚直，却并不主观武断。他既善于调查研究，又乐于听取别人的意见，他的脸上很少有笑容，但当别人指出他的错误时，却能虚心接受。所以司马光称道他"刚而不愎，此人所难也"。

包拯虽然官居高位，却大公无私，不谋私利。他一生俭朴，即使是当了官，有了地位，衣食住行及生活习惯，也和普通老百姓差不多。因此，成为人们心中的大公无私、铁面无私的"青天大老爷"。

知识点滴

谴责小说的兴起和代表作

晚清时期，清朝政府统治阶级腐败无能，社会黑暗，人们生活困苦，精神空虚，思想先进的作家怀着变革的强烈愿望，试图用小说创作解答社会与人生的一系列问题，探求由乱致治、安邦定国的方法。

谴责小说就是在这种情况下诞生的，因此具有深刻的时代内涵。在晚清的十余年间，谴责小说出版得特别多。主要有几方面原因：

一是时代的需求，人们对社会政治不满，一些谴责小说正好投合读者要求抨击时弊的心理。

二是印刷术发展迅速，促使书刊大量印行。一些书报成为刊载小说的园地，转过来要求作者提供更多的小说作品。

三是受国外文化的影响。一些国外作品的输入以及理论的灌输，给晚清作者以新的养料，同时也刺激了他们的小说创作。

四是维新派的小说界革命从各方面肯定谴责小说的价值，鼓励作家从事创作。维新派的人也以小说作为改良社会的工具，创作小说以开民智，唤起国人的觉醒。

谴责小说紧密联系时政，揭露官场丑态，抨击社会黑暗，讽刺手法的运用比《儒林外史》更尖刻。比较有名的作品有李伯元的《官场现形记》、吴趼人的《二十年目睹之怪现状》、刘鹗的《老残游记》和曾朴的《孽海花》。

李伯元，字宝嘉，号南亭亭长，江苏武进人，毕生从事小说创作和报刊编辑工作，在晚清报界文坛颇负盛名。《官场现形记》是他的代表作。全书共60回，约78万字，由许多相对独立的短篇串联而成，抨击了封建社会末期的官僚制度，着力描写他们贪污腐败和媚外卖国的丑态。

小说中形形色色的官僚，他们的地位有高低、权势有大小、手段也有不同，但都是"见钱眼开，视钱如命"之徒。对洋人，又多奴颜婢膝、丧权辱国。

小说在写作方法上，仿效《儒林外史》，但又有所发展，充分运用了夸张、漫画式的讽刺手法，往往寥寥几笔，就将人物的音容体态勾勒出来。同时，作者又善于描写细节，使笔下的人物生动传神，具有较强的艺术感染力。

《官场现形记》通过对黑暗世界的刻画，从吏治的角度，表现了封建统治即将崩溃的社会本质，客观上让人们认识到封建统治的腐朽。《官场现形记》连载以后，引起了当时社会的强烈反响，其后的效仿之作颇多，蔚为大观。

吴趼人，名沃尧，广东南海人，因居佛山镇，故笔名我佛山人。吴趼人是晚清最多产的小说家，著有小说30余种，《二十年目睹之怪现状》是其中影响最大的作品。

《二十年目睹之怪现状》全书共108回，约63万字，叙述年轻幕僚九死一生在20年中耳闻目见的社会腐败、丑恶现象，描绘了一幅行将崩溃的清帝国的社会图卷。

其内容比《官场现形记》更广泛，不仅写了官场人物、洋场才子，而且涉及医卜星相、三教九流，但重点还是暴露官场的黑暗。

小说中描写的官吏都是卑鄙无耻之徒，他们贪赃枉法，营私舞弊，卖官鬻爵，惧怕洋人，卖国求荣。

作品还揭露和批判了封建道德的虚伪和社会风尚的败坏。全书以九死一生为主线，将各色人物和近百年事串联在一起，对其中重要人物都有交代，显得更集中些。

《二十年目睹之怪现状》采用第一人称的方式叙述故事，结构全篇，使读者感到亲切可信，在我国小说史上开了先河。

小说的结构是非常巧妙的：九死一生既是全书故事的叙述者，又是全书结构的主干线。同时又运用了倒叙、插叙等方法，将它有机结合在一起，使全书繁简适宜，浑然一体。

刘鹗，字铁云，江苏丹徒人。《老残游记》是他最有影响力的作品。小说共20回，以一个摇串铃的江湖医生老残，即铁英为主人公，叙写其在我国北方游历期间的见闻和活动。

小说对清政府腐朽黑暗，官吏的残暴昏庸，百姓的贫困交迫，等等，都有所揭露。其中，着重对那些名为清官、实为酷吏的虐民行为进行了有力地抨击，表达了作者对社会、国家危亡现实的强烈忧患意识。

小说的艺术成就很高。首先是高超的描写技巧，无论状物、写景，还是叙事，都能历历如绘，如千佛山、大明湖的景致、明湖居说书、桃花山月下夜行等，使人有身临其境之感。

另外，小说中的心理描写和心理分析十分到位，能用贴切的语言，出色地展现人物的内心世界。

还有，小说的结构也很有特色，小说以游记的形式，以游历为线索，以老残为中心人物，以散文的笔法叙事状物，将沿途的所见、所闻、所思、所做有机地结合起来，形成了小说独特的结构特点。

曾朴，字孟朴，江苏常熟人，《孽海花》全书30回，前5回原为金松岑所作，后25回由曾朴续成。后来曾朴又对全书进行了修订。

《孽海花》以金雯青和傅彩云的故事为主要线索，通过当时京城内外官僚名士、封建文人的思想生活和社会风气，展现了清末的政治、经济、外交和社会生活的情况，对封建统治阶级的腐朽和帝国主义的侵略野心，作了一定程度的揭露和批判。

比起其他谴责小说来，《孽海花》思想水平要高一些。它并不局限于暴露和谴责，也致力于表现新人物新思想，描写和申述了许多为国家命运而探索的进步人士和他们的改良主张，也肯定了太平军是革命军，还塑造了陈千秋、史坚如等革命男儿的形象。

在艺术形式上，作品把真实性与讽刺性结合起来，通过客观冷静的描述，把人物的面貌习气以至精神状态，勾勒得绘声绘色。

在写作中，作者采用近代流行的块状小说结构，与传统的网状小说结构相结合的方式展开情节，波澜起伏，曲折感人，井然有序。

作者还工于细节描写，词采华美，寥寥数笔，就能使人物的神态毕肖。同时，还吸取了西方文学的表现手法，在叙事写人方面显示了新特点。

晚清谴责小说，呈现出一派谴责小说兴盛的景象。除了李宝嘉、吴趼人、刘鹗、曾朴的作品之外，还有黄小配的《廿载繁华梦》和无名氏的《官场现形记》《苦社会》等作品，这些作品各有其特色，均不同程度地引起当时社会的反响。

知识点滴

1883年，18岁的吴趼人离家来到上海。他曾在茶馆做伙计，后又到江南制造局做抄写工作，月薪微薄。一次，吴趼人从书坊上得到半部《归有光文集》，爱不释手，由此萌发了创作小说的冲动。

1897年，吴趼人开始在上海创办小报，先后主持《字林沪报》《采风报》《奇新报》《寓言报》等。

1906年，吴趼人担任《月月小说》杂志总撰述，发表了大量的嬉笑怒骂之文。此外，他还创办了沪粤人广志小学，主持开办过两广同乡会。

1903年，吴趼人将《二十年目睹之怪现状》寄往梁启超在日本横滨创办的《新小说》杂志，立即得到提倡小说界革命的梁启超的赏识，将其发表于该刊第一卷第八期。从此，吴趼人的小说创作一发而不可收。